CHINESE MADE EASY 5

Textbook

Traditional Characters Version

輕鬆學漢語 （課本）

Yamin Ma
Xinying Li

Joint Publishing (H.K.) Co., Ltd.
三聯書店（香港）有限公司

Chinese Made Easy (Textbook 5)

Yamin Ma, Xinying Li

Editor	Luo Fang
Art design	Arthur Y. Wang, Yamin Ma, Xinying Li
Cover design	Arthur Y. Wang, Zhong Wenjun
Graphic design	Zhong Wenjun
Typeset	Zhou Min, Zhong Wenjun

Published by
JOINT PUBLISHING (H.K.) CO., LTD.
20/F., North Point Industrial Building,
499 King's Road, North Point, Hong Kong

Distributed in Hong Kong by
SUP PUBLISHING LOGISTICS (HK) LTD.
3/F., 36 Ting Lai Road, Tai Po, N.T., Hong Kong

First published January 2004
Second edition, first impression, March 2007
Second edition, fourth impression, September 2016

You can contact us via the following:
Tel: (852) 2523 0105, (86) 755 8343 2532
Fax: (852) 2845 5249, (86) 755 8343 2527
Email: publish@jointpublishing.com
http://www.jointpublishing.com/

輕鬆學漢語 (課本五)

編　著　　馬亞敏 李欣穎

責任編輯　羅　芳
美術策劃　王　宇 馬亞敏 李欣穎
封面設計　王　宇 鍾文君
版式設計　鍾文君
排　版　　周　敏 鍾文君

出　版	三聯書店（香港）有限公司	
	香港北角英皇道499號北角工業大廈20樓	
香港發行	香港聯合書刊物流有限公司	
	香港新界大埔汀麗路36號3字樓	
印　刷	中華商務彩色印刷有限公司	
	香港新界大埔汀麗路36號14字樓	
版　次	2004年1月香港第一版第一次印刷	
	2007年3月香港第二版第一次印刷	
	2016年9月香港第二版第四次印刷	
規　格	大16開 (210 x 280mm) 112面	
國際書號	ISBN 978-962-04-2602-5	

©2004，2007 三聯書店（香港）有限公司

Authors' acknowledgments

We are grateful to all the following people who have helped us to put the books into publication:

- Our publisher, 李昕、陳翠玲 and our editor, 羅芳 who trusted our ability and expertise in the field of Mandarin teaching and learning, and supported us during the period of publication
- Mrs. Marion John who edited our English and has been a great support in our endeavour to write our own textbooks
- 張宜生、吳穎 who edited our Chinese
- Arthur Y. Wang, Annie Wang, 于霆、龔華偉 for their creativity, skill and hard work in the design of art pieces. Without Arthur Y. Wang's guidance and artistic insight, the books would not have been so beautiful and attractive
- Arthur Y. Wang who provided the fabulous photos
- 劉春曉 and Tony Zhang who assisted the authors with the sound recording
- Our family members who have always supported and encouraged us to pursue our research and work on this series. Without their continual and generous support, we would not have had the energy and time to accomplish this project

INTRODUCTION

■ The series of *Chinese Made Easy* consists of 5 books, designed to emphasize the development of communication skills in listening, speaking, reading and writing. The primary goal of this series is to help the learners use Chinese to exchange information and to communicate their ideas. The unique characteristic of this series is the use of the Communicative Approach adopted in teaching Chinese as a foreign language. This approach also takes into account the differences between Chinese and Romance languages, in that the written characters in Chinese are independent of their pronunciation.

■ The whole series is a two-level course: level 1 – Book 1, 2 and 3; and level 2 – Book 4 and 5. All the textbooks are in colour and the accompanying workbooks and teacher's books are in black and white.

COURSE DESIGN

■ The textbook covers texts and grammar with particular emphasis on listening and speaking. The style of texts varies according to the content. Grammatical rules are explained in note form, followed by practice exercises. There are several listening and speaking exercises for each lesson.

■ The textbook plays an important role in helping students develop oral communication skills through oral tasks, such as dialogues, questions and answers, interviews, surveys, oral presentations, etc. At the same time, the teaching of characters and character formation are also incorporated into the lessons. Vocabulary in earlier books will appear again in later books to reinforce memory.

■ The workbook contains extensive reading materials and varied exercises to support the textbook.

■ The teacher's book provides keys to the exercises in both textbook and workbook, and it also gives suggestions, such as how to make a good use of the exercises and activities in order to maximize the learning. In the teacher's book, there is a set of tests for each unit, testing four language skills: listening, speaking, reading and writing.

Level 1:

■ Book 1 includes approximately 250 new characters, and Book 2 and Book 3 contain approximately 300 new characters each. There are 5 units in each textbook, and 3-5 lessons in each unit. Each lesson introduces 20-25 new characters.

■ In order to establish a solid foundation for character learning, the primary focus for Book 1 is the teaching of radicals (unit 1), character writing and character formation. Simple characters are introduced through short rhymes in unit 2 to unit 5.

■ Book 2 and 3 continue the development of communication skills, as well as introducing China, its culture and customs through three pieces of simple texts in each unit.

■ To ensure a smooth transition, some pinyin is removed in Book 2 and a lesser amount of pinyin in later books. We believe that the students at this stage still need the support of pinyin when doing oral practice.

Level 2:

■ Book 4 and 5 each includes approximately 350 new characters. There are 4 units in the textbook and 3 lessons in each unit. Each lesson introduces about 30 new characters.

■ The topics covered in Book 4 and 5 are contemporary in nature, and are interesting and relevant to the students' experience.

■ The listening and speaking exercises in Book 4 and 5 take various forms, and are carefully designed to reflect the real Chinese speaking world. The students are provided with various speaking opportunities to use the language in real situations.

- Reading texts in various formats and of graded difficulty levels are provided in the workbook, in order to reinforce the learning of vocabulary, grammar and sentence structure.

- Dictionary skills are taught in Book 4, as we believe that the students at this stage should be able to use the dictionary to extend their learning skills and become independent learners of Chinese.

- Pinyin is only present in vocabulary list in Book 4 and 5. We believe that the students at this stage are able to pronounce the characters without the support of pinyin.

- Writing skills are reinforced in Book 4 and 5. The writing task usually follows a reading text, so that the text will serve as a model for the students' own reproduction of the language.

- Extensive reading materials with an international flavour is included in the workbook. Students are exposed to Chinese language, culture and traditions through authentic texts.

COURSE LENGTH

- Books 1, 2 and 3 each covers approximately 100 hours of class time, and Books 4 and 5 might need more time, depending on how the book is used and the ability of students. Workbooks contain extensive exercises for both class and independent learning. The five books are continuous and ongoing, so they can be taught within any time span.

HOW TO USE THIS BOOK

Here are a few suggestions from the authors:

- Some new words are usually included in listening comprehension exercises to challenge the students. We suggest that the teacher go over the questions for the exercises with the students before they actually listen to the recording.

- Before practising the oral exercises in the textbook, the teacher should introduce the suggested vocabulary or phrases.

- The teacher should encourage the students to use their dictionary skills whenever appropriate, so that the students can extend their reading skills independently.

- The students are encouraged to research information on the internet and use other resources for their essay writing. The word limit for each piece of essay writing is to be decided by the teacher or the students according to their ability and level.

- The text for each lesson, listening comprehension exercises and reading texts are on the CDs attached to the textbook. The symbol indicates the track number, for example, CD1 T1 is Disc 1, Track 1.

Yamin Ma

September, 2006 in Hong Kong

CONTENTS 目 錄

第一單元 節日與慶典

第一課 中國的傳統節日

CD1 T1

中國有很多傳統節日，其中春節是一年中最重要的節日。每年的農曆正月初一是春節，也叫農曆新年。一進入臘月，家家戶戶就開始為過年做準備了。人們大掃除、辦年貨、寫春聯、寄賀年卡等等。除夕之夜，每家每戶都吃"年夜飯"。大年初一，親戚朋友互相拜年，互相祝福。人們常用的祝賀語有："新年好"、"新年快樂"、"恭喜發財"、"身體健康"、"萬事如意"等，大都是一些吉利的話。長輩還會給晚輩壓歲錢（也可以叫紅包）。正月十五是元宵節，家家戶戶都會吃元宵（南方人叫湯圓）。這一天過後，春節的慶祝活動也就結束了。

陽曆四月五日前後是清明節。清明節這天，一家老小去墓地掃墓，紀念死去的親人。

農曆五月初五是端午節。這一天是紀念古代楚國偉大詩人屈原的日子。人們在這一天吃糭子、賽龍舟。

農曆八月十五是中秋節，又叫團圓節。這天晚上的月亮是一年中最圓、最亮的，家家戶戶在晚上吃月餅、賞月。在香港，人們還點燈籠、燒蠟燭。

中秋節過後就是九月初九的重陽節了。這一天人們喜歡登高望遠。

除了這些傳統的節日以外，一年中還有其他一些公眾節假日，例如元旦、"五一"勞動節和"十一"國慶節等。

1

生詞：

1. 統（统）**tǒng** system; all　傳統 **chuántǒng** tradition
2. 正月 **zhēng yuè** first month of a lunar year
3. 臘（腊）**là** twelfth lunar month
   臘月 **là yuè** twelfth month of the lunar year
4. 大掃除 **dà sǎo chú** general cleaning
5. 辦年貨 **bàn nián huò** make New Year purchases
6. 春聯 **chūn lián** Spring Festival couplets
7. 賀年卡 **hè nián kǎ** New Year card
8. 夕 **xī** sunset　除夕 **chú xī** New Year's Eve
9. 年夜飯 **nián yè fàn** New Year's Eve dinner
10. 互 **hù** mutual　互相 **hù xiāng** each other
11. 拜 **bài** visit　拜年 **bài nián** send New Year greetings
12. 福 **fú** good fortune; luck; happiness
    祝福 **zhù fú** blessing; wish
13. 祝賀 **zhù hè** congratulate
14. 恭 **gōng** respectful; courteous
15. 財（财）**cái** wealth; money
    恭喜發財 **gōng xǐ fā cái** May you be prosperous!
16. 身體 **shēn tǐ** body; health
17. 萬事如意 **wàn shì rú yì** May all go well with you!
18. 吉 **jí** lucky　吉利 **jí lì** lucky; fortunate
19. 輩（辈）**bèi** generation　長輩 **zhǎng bèi** elder or senior
    晚輩 **wǎn bèi** younger generation
20. 壓（压）**yā** press
    壓歲錢 **yā suì qián** money given to children as a lunar New Year gift
21. 宵 **xiāo** night　元宵 **yuán xiāo** 15th night of the first lunar month; (glutinous) rice dumpling
22. 元宵節 **yuán xiāo jié** the Lantern Festival (the 15th day of the first lunar month)
22. 湯圓 **tāng yuán** stuffed dumplings made of glutinous rice flour served in soup
23. 慶（庆）**qìng** celebrate　慶祝 **qìng zhù** celebrate
24. 束 **shù** bind; bunch　結束 **jié shù** wind up; close
25. 陽曆 **yáng lì** solar calendar
26. 前後 **qián hòu** around
27. 清明節 **qīng míng jié** Qingming Festival
28. 墓 **mù** grave; tomb　墓地 **mù dì** graveyard
    掃墓 **sǎo mù** pay respect at sb.'s tomb
29. 紀念 **jì niàn** commemorate
30. 日子 **rì zi** date; day
31. 籠（笼）**lóng** cage　燈籠 **dēng long** lantern
32. 蠟（蜡）**là** wax; candle
33. 燭（烛）**zhú** candle　蠟燭 **là zhú** wax candle
34. 重陽節 **chóng yáng jié** Double Ninth Festival (9th day of the 9th lunar month)
35. 登 **dēng** climb; publish　登高 **dēng gāo** climb up
    登高望遠 **dēng gāo wàng yuǎn** ascend a height to enjoy a distant view
36. 衆（众）**zhòng** crowd　公衆 **gōng zhòng** the public
37. 元旦 **yuán dàn** New Year's Day
38. 勞（劳）**láo** work; labour　勞動 **láo dòng** work; labour
    勞動節 **láo dòng jié** International Labour Day
39. 國慶節 **guó qìng jié** National Day

專有名詞：

1. 屈原 **qū yuán** Qu Yuan (340-277 B.C.) minister of the State of Chu and one of China's earliest poets

2

根據課文回答下列問題：

1. 中國人從什麼時候開始準備過年？要做哪些準備工作？
2. 春節的慶祝活動何時結束？
3. 屈原是誰？端午節這天人們一般怎麼過？
4. 重陽節在哪一天？
5. 在香港過中秋節時，人們除了吃月餅、賞月以外還做什麼？
6. 在中國，除了傳統節日以外還有哪些公眾節假日？

注釋： 諧音

漢語裏有很多字發同樣的音，這種同音現象叫"諧音"。比如中國人過春節要吃年糕，"糕"跟"高"是諧音，年糕因而表示"年年高升"的意思。當你見到"福"字倒着掛時，不是真的寫倒了，而是因爲"倒"跟"到"是諧音，因而表示"福"到了。

1 根據諧音配對

1. 魚	a. 開開心心
2. 橘子	b. 團團圓圓
3. 湯圓	c. 年年有餘
4. 開心果	d. 招財進寶
5. 蓮子	e. 連生貴子
6. 瓜子	f. 大吉大利
7. 金幣、元寶糖果	g. 多子多孫

2 〔CD1〕〔T2〕 選擇正確答案

1. □a) 正月就是陽曆一月。
   □b) 正月就是陰曆一月。
   □c) 正月就是農曆十二月。

2. 他們_____去給爺爺、奶奶拜年。
   □a) 年初二
   □b) 年初三
   □c) 年初一

3. □a) 他今年得到 3,000 多塊壓歲錢。
   □b) 他今年沒有得到壓歲錢。
   □c) 他今年得到的壓歲錢不到2,000塊。

4. 香港人年初一吃年糕是希望_____。
   □a) 生活越來越好
   □b) 孩子能成才
   □c) 全家身體健康

5. 他們家不在清明節這天去掃墓,因為_____。
   □a) 清明節這天掃墓的人很多
   □b) 清明節這天不放假
   □c) 墓地太遠

6. □a) 北京人過中秋節習慣燒蠟燭。
   □b) 香港人過中秋節玩燈籠。
   □c) 香港人過中秋節吃湯圓。

3 調查: 採訪十個同學, 把結果做成柱狀圖

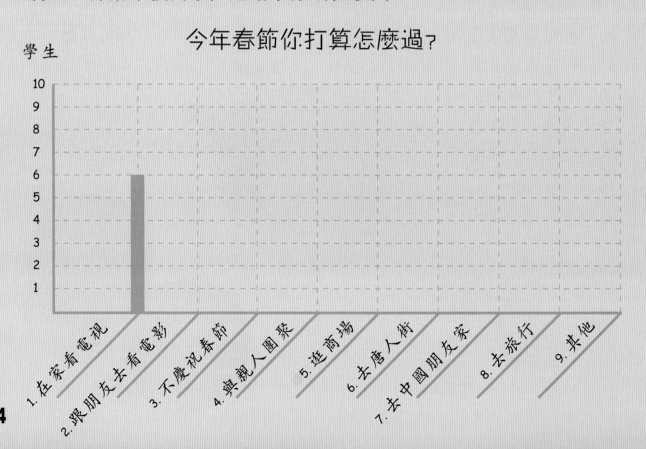

今年春節你打算怎麼過?

學生

10 9 8 7 6 5 4 3 2 1

1.在家看電視
2.跟朋友去看電影
3.不慶祝春節
4.與親人團聚
5.進商場
6.去唐人街
7.去中國朋友家
8.去旅行
9.其他

4 根據你自己的情況回答下列問題

1. 你居住的國家或地區過春節嗎？春節期間有哪些慶祝活動？

2. 你居住的國家或地區有唐人街嗎？

3. 你看過舞龍、舞獅表演嗎？在哪兒看的？

4. 你在電視上能不能看到慶祝春節的節目？

5. 你們家過不過春節？

6. 去年春節你們家是怎麼過的？吃了哪些特別的食物？你有沒有得到壓歲錢？

7. 明年春節是幾月幾號？是什麼年？

5 CD1 T3 回答下列問題

（一）

1. 春節聯歡晚會幾點開始？

2. 春節聯歡晚會一共開幾個小時？

3. 下面哪幾句話正確？

　☐ a) 晚會上有京劇表演。

　☐ b) 晚會上有魔術表演。

　☐ c) 晚會上只有中國人表演。

　☐ d) 中央電視臺有三個臺同時轉播春節聯歡晚會節目。

（二）

1. 除了中國以外，還有哪兩個國家的華人也慶祝春節？

2. 春節期間會有哪些人去看舞龍、舞獅表演？

3. 下列哪幾句話正確？

　☐ a) 澳大利亞人也過春節。

　☐ b) 有些地方過春節時放鞭炮。

　☐ c) 世界各地的華人都慶祝春節。

　☐ d) 很多西方人在春節期間走訪華人朋友。

6 配對

根據中國人的傳統文化，下邊這些畫象徵什麼？

1. 長壽

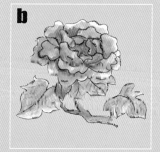

2. 權力

3. 富貴、莊重

4. 福

5. 祿

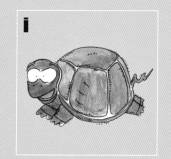

7 討論

如果你們每個人收到 4,000 塊壓歲錢，你們打算怎麼花？

例子： 我會買一雙運動鞋，大概要花
800 塊左右。我還會買……

參考詞語：

電腦	衣服	鞋子	帽子
書籍	雜誌	首飾	文具
手機	影碟	手錶	CD
化妝品	體育用品		

詩歌欣賞

靜夜思

李白

床前明月光，
疑是地上霜。
舉頭望明月，
低頭思故鄉。

閱讀(一) 梁山伯與祝英台

傳説祝英台是一位富家女子，才貌出眾，很有個性。那時，女孩子是不許上學讀書的，所以她只好女扮男裝去上學。在讀書的三年裏，她認識了誠實、英俊的梁山伯，並深深地愛上了他，可是梁山伯對此事卻一無所知。畢業後，祝英台回到家中，但她日夜思念着梁山伯。

幾個月後，梁山伯聽説祝英台是女孩子後，立即來到祝家求婚，可是祝家已答應把祝英台嫁到馬家。梁山伯得知此事後生了重病，不久就去世了。祝英台非常痛苦，又不得不聽從父母的安排。結婚那天，在去馬家的路上，祝英台要求停下來看一眼梁山伯的墳。祝英台一看到墳就大哭了起來。突然一聲巨響，墳墓打開了，祝英台便跳了進去。不久，人們就看到一對蝴蝶從墳墓裏雙雙飛出。

生詞：

1. chuán shuō 傳説 pass from mouth to mouth
2. mào 貌 looks; appearance
   cái mào chū zhòng 才貌出眾 of remarkable talent and good looks
3. bù xǔ 不許 not allow; must not
4. jùn 俊 handsome　yīng jùn 英俊 good-looking and bright
5. shēn 深 deep
6. yì wú suǒ zhī 一無所知 be completely in the dark
7. bì 畢(毕) finish; complete　bì yè 畢業 graduate
8. rì yè 日夜 day and night
9. sī niàn 思念 think of; miss
10. jí 即 immediately　lì jí 立即 immediately
11. qiú hūn 求婚 make an offer of marriage

12. jià 嫁 (of a woman) marry
13. dé zhī 得知 learn; get to know
14. tòng kǔ 痛苦 pain; agony; suffering
15. tīng cóng 聽從 obey; follow; comply with
16. fén 墳(坟) grave; tomb
    fén mù 墳墓 grave; tomb
17. kū 哭 cry; weep
18. dǎ kāi 打開 open; unfold
19. hú dié 蝴蝶 butterfly

專有名詞：

1. liáng shān bó 梁山伯 Liang Shanbo
2. zhù yīng tái 祝英台 Zhu Yingtai

第二課　西方的傳統節日

　　西方人一年中最重要的節日要數聖誕節了。聖誕節在每年的十二月二十五日，至少在這一天到來的一個月前，人們就開始做準備了。爲了增添節日的氣氛，街道兩旁的建築物和商店內外都被裝飾得特別漂亮，各個商店在櫥窗設計上更是費盡心思，再加上到處都可以聽到的聖誕音樂，給人一種熱鬧異常、輕鬆愉快的感覺。聖誕節前，幾乎每家每戶都會買聖誕樹，在聖誕樹上掛上各種燈飾及其他裝飾物，還會把禮物擺在聖誕樹下。人們互相寄聖誕卡，小孩子還會給聖誕老人寫信。聖誕節一早，一家人打開各自的禮物，互相祝福。中午的聖誕大餐一定少不了火鷄、布丁等等。

　　聖誕節過後，人們就期待着新年的到來。新年除夕的晚上，也就是十二月三十一日，人們會參加各種派對和倒數活動，以迎接新年的到來。很多人還會在新年之際下決心改掉以前的不良習慣，希望在未來的一年裏有所成就。

　　復活節是另一個重要節日，時間大概在每年的四月份。人們利用這個假期與親人團聚、外出旅遊等等。

　　除此以外，美國和加拿大還有慶祝感恩節的風俗。對西方人來說，情人節、萬聖節、父親節和母親節也都是很重要的節日。

生詞：

1. <ruby>誕<rt>dàn</rt></ruby>（诞）birth <ruby>聖 誕 節<rt>shèng dàn jié</rt></ruby> Christmas
<ruby>聖 誕 老 人<rt>shèng dàn lǎo rén</rt></ruby> Santa Claus
<ruby>聖 誕 樹<rt>shèng dàn shù</rt></ruby> Christmas tree
<ruby>聖 誕 卡<rt>shèng dàn kǎ</rt></ruby> Christmas card

2. <ruby>至<rt>zhì</rt></ruby> reaching; to; until <ruby>至 少<rt>zhì shǎo</rt></ruby> at least

3. <ruby>增<rt>zēng</rt></ruby> increase; enhance <ruby>增 添<rt>zēng tiān</rt></ruby> add; increase

4. <ruby>氛<rt>fēn</rt></ruby> atmosphere <ruby>氣 氛<rt>qì fēn</rt></ruby> atmosphere

5. <ruby>街 道<rt>jiē dào</rt></ruby> street

6. <ruby>築<rt>zhù</rt></ruby>（筑）build; construct
<ruby>建 築<rt>jiàn zhù</rt></ruby> build; construct <ruby>建 築 物<rt>jiàn zhù wù</rt></ruby> building

7. <ruby>裝 飾<rt>zhuāng shì</rt></ruby> decorate

8. <ruby>櫥<rt>chú</rt></ruby>（橱）cabinet; closet <ruby>櫥 窗<rt>chú chuāng</rt></ruby> show window

9. <ruby>設 計<rt>shè jì</rt></ruby> design

10. <ruby>盡<rt>jìn</rt></ruby>（尽）exhausted; finished

11. <ruby>心 思<rt>xīn si</rt></ruby> idea; thought; mind

12. <ruby>到 處<rt>dào chù</rt></ruby> everywhere

13. <ruby>異<rt>yì</rt></ruby>（异）different
<ruby>異 常<rt>yì cháng</rt></ruby> unusual; extraordinary

14. <ruby>鬆<rt>sōng</rt></ruby>（松）loose; relax; fluffy
<ruby>輕 鬆<rt>qīng sōng</rt></ruby> carefree; relaxed

15. <ruby>愉<rt>yú</rt></ruby> pleased; happy <ruby>愉 快<rt>yú kuài</rt></ruby> happy; joyful

16. <ruby>感 覺<rt>gǎn jué</rt></ruby> feeling

17. <ruby>擺<rt>bǎi</rt></ruby>（摆）put; place; lay

18. <ruby>各 自<rt>gè zì</rt></ruby> each; respective; individual

19. <ruby>火 鷄<rt>huǒ jī</rt></ruby> turkey

20. <ruby>布 丁<rt>bù dīng</rt></ruby> pudding

21. <ruby>待<rt>dài</rt></ruby> wait for; about to
<ruby>期 待<rt>qī dài</rt></ruby> expect; look forward to

22. <ruby>到 來<rt>dào lái</rt></ruby> arrival

23. <ruby>派 對<rt>pài duì</rt></ruby> party

24. <ruby>倒 數<rt>dào shǔ</rt></ruby> count in reverse order; New Year countdown

25. <ruby>迎 接<rt>yíng jiē</rt></ruby> receive; meet; welcome

26. <ruby>決 心<rt>jué xīn</rt></ruby> determination
<ruby>下 決 心<rt>xià jué xīn</rt></ruby> make up one's mind

27. <ruby>改 掉<rt>gǎi diào</rt></ruby> give up; discard

28. <ruby>不 良<rt>bù liáng</rt></ruby> bad; harmful

29. <ruby>未<rt>wèi</rt></ruby> not yet <ruby>未 來<rt>wèi lái</rt></ruby> coming; future

30. <ruby>有 所<rt>yǒu suǒ</rt></ruby> to some extent

31. <ruby>成 就<rt>chéng jiù</rt></ruby> achievement

32. <ruby>復 活 節<rt>fù huó jié</rt></ruby> Easter

33. <ruby>利 用<rt>lì yòng</rt></ruby> use; make use of

34. <ruby>聚<rt>jù</rt></ruby> gather <ruby>團 聚<rt>tuán jù</rt></ruby> reunite

35. <ruby>恩<rt>ēn</rt></ruby> kindness
<ruby>感 恩 節<rt>gǎn ēn jié</rt></ruby> Thanksgiving Day (fourth Thursday in November in the United States or second Monday in October in Canada)

36. <ruby>俗<rt>sú</rt></ruby> custom <ruby>風 俗<rt>fēng sú</rt></ruby> custom

37. <ruby>情 人<rt>qíng rén</rt></ruby> sweetheart
<ruby>情 人 節<rt>qíng rén jié</rt></ruby> Valentine's Day

38. <ruby>萬 聖 節<rt>wàn shèng jié</rt></ruby> All Saints' Day

39. <ruby>父 親 節<rt>fù qīn jié</rt></ruby> Father's Day

40. <ruby>母 親 節<rt>mǔ qīn jié</rt></ruby> Mother's Day

9

1. 西方人一年中最重要的節日是哪一個？

2. 爲了迎接聖誕節的到來，人們一般做哪些準備工作？

3. 聖誕大餐一般吃什麼？

4. 倒數慶祝活動是在哪一天舉行的？

5. 復活節一般是在幾月？

6. 世界上哪幾個國家慶祝感恩節？

1 説一説

很多西方人在新年之際會定一個目標，或決心改掉以前的不良習慣，這叫做 "新年決心"，但是能够做到的人並不多。有人做了一、兩個星期就忘了。

新年決心

— 一年内把漢語學好

— 每天做半個小時的運動

— 每天記五個漢字

— 學會一種新的樂器

— 每星期讀一本小説

— 每天看報紙、聽新聞

— 每天只玩半個小時的電腦

— 改掉花錢大手大腳的習慣

— 做一份義工

— 爭取畢業考試拿三個 A

……

1. 你以前下過新年決心嗎？下過什麼決心？

2. 你有沒有下過右邊的那些 "新年決心"？下過哪幾個？

3. 你今年有沒有下 "新年決心"？你下了什麼決心？做到了沒有？

2 CD1 T6 選擇正確答案

1. ☐ a) 他外公、外婆要來他們家過聖誕節。

   ☐ b) 他爺爺、奶奶會來他家。

   ☐ c) 他們一家人會去度假。

2. 他們家_____。

   ☐ a) 每年都擺聖誕樹

   ☐ b) 現在不擺聖誕樹了

   ☐ c) 從來都不擺聖誕樹

3. ☐ a) 他今年最多得到六份聖誕禮物。

   ☐ b) 他今年最少得到六份聖誕禮物。

   ☐ c) 他每年都得到六份聖誕禮物。

4. 他希望_____。

   ☐ a) 今後考試少些

   ☐ b) 作業不要太多

   ☐ c) 每次考試都能及格

5. 今年的感恩節是_____。

   ☐ a) 十一月二十七號

   ☐ b) 十一月的最後一個星期日

   ☐ c) 十月的最後一個星期四

6. 他們每年_____都與親戚團聚。

   ☐ a) 春節

   ☐ b) 聖誕節

   ☐ c) 中秋節

3 討論題

給以下這些人買聖誕禮物。買什麼樣的禮物最合適，並說出理由。

1. 四十歲左右的男工程師
2. 三十歲左右的女英語教師
3. 六十五歲的男退休工人
4. 二十歲的女大學生
5. 十五歲的男學生
6. 十歲的女學生
7. 四歲的小女孩

例子:

A: 我想他需要一個臺曆，他可以放在寫字柏上。

B: 我覺得電子記事本更合適。他不但可以把每天的日程安排記下來，還可以存很多電話號碼。

參考詞語:

CD	電腦
紀念郵票	首飾
滑板	彩色蠟筆
存錢罐	耳環
橡皮泥	洋娃娃
香味蠟燭	象棋
玩具車	臺曆
電子記事本	
訂一年《時代》雜誌	

(一)

1. 倒數慶祝活動是從幾點開始的?

2. 倒數慶祝活動是在哪兒舉行的?

3. 下面哪幾句話正確?

　□ a) 他和家人一起參加了倒數慶祝活動。

　□ b) 慶祝活動有唱歌、跳舞表演。

　□ c) 慶祝活動有舞龍表演。

　□ d) 十二點一過大家就互相說:"新年快樂!"

(二)

1 西班牙人一般幾點吃午飯?

2. 西班牙海鮮飯裏主要有什麼?

3. 下面哪幾句話正確?

　□ a) 西班牙人每天都睡午覺。

　□ b) 西班牙菜受法國大菜的影響。

　□ c) 西班牙人喜歡吃烤火鷄。

　□ d) 西班牙人不喜歡吃魚。

5 根據你自己的情況回答下列問題

1. 在這些西方節日當中, 哪一個對你來說最重要? 爲什麼?

2. 你們學校有沒有組織慶祝"情人節"的活動? 有什麼活動?

3. "情人節", 同學之間一般送什麼樣的禮物? (玫瑰花、巧克力……)

4. 你們學校有沒有"情人節"校刊? 上面有哪些內容?

5. 假如讓你組織一次"情人節"活動, 你會安排哪些活動?

▶ 聖誕節　新年　情人節　復活節　母親節　父親節　萬聖節　感恩節

春　曉

孟浩然

詩歌

春眠不覺曉,
處處聞啼鳥。
夜來風雨聲,
花落知多少。

欣賞

6 説一説：看着以下這些圖，你會想到什麼

例子：

糖果　　骷髏　　鬼怪

派對　　海盗　　巫婆

面具　　蜘蛛網

古怪的服飾

萬聖節舞會　　南瓜燈籠

"是款待我還是要我耍花招"

1. 你們家過聖誕節嗎？

2. 你居住的國家或地區怎樣慶祝聖誕節？

3. 去年你和你的家人是怎樣過聖誕節的？你們有沒有買聖誕樹？你給家人分別買了什麼禮物？聖誕大餐吃了什麼？

4. 你每年都給親戚朋友寄聖誕卡嗎？你有沒有發過電子賀卡給朋友？

5. 你今年最希望得到什麼聖誕禮物？為什麼？

6. 你去年參加倒數慶祝活動了嗎？你的新年決心是什麼？

7. 父親節和母親節時，你會給父母買禮物嗎？你今年會給他們買什麼禮物？

8. 你小時候過萬聖節嗎？你現在還過嗎？

8 上網找資料，然後做一個口頭報告

每個國家都有自己的傳統節日。

1. 人們慶祝哪些傳統節日？

2. 哪個節日最重要、最熱鬧？

3. 他們是怎樣慶祝這些傳統節日的？

4. 他們吃些什麼特殊食品？

5. 他們有哪些活動？

選一個國家

西班牙	德國	英國	巴西
日本	韓國	法國	印度

閱讀(二) 牛郎織女

CD1 T8

傳說很久以前，有一個孤兒叫牛郎，只有一頭
老牛跟他做伴。有一天他放牛時，一群仙女正在河
裏洗澡，老牛就讓牛郎拿走了仙女之一——織女
的衣服。後來牛郎和織女結為夫妻，並育有一兒一
女，過着幸福的生活。可是好景不長，王母娘娘得
知這件事後很生氣，就讓織女返回了天上。後來老
牛生病死了。死之前它告訴牛郎，他可以披着牛皮

飛到天上。於是，牛郎就披着牛皮，帶上一雙兒女，
飛到了天上。這時，王母娘娘卻用她頭上的銀簪在天上劃了一條綫，這條綫一下子
就變成了銀河，使得牛郎織女不能相見。後來天上的喜鵲被他們的愛情感動了，每
年七月初七就用它們的翅膀搭成一座鵲橋，讓他們團聚。王母娘娘知道後，答應每
年的這一天讓他們相會一次。這也就是"七夕"這個傳統節日的由來。

生詞：

1. láng 郎 youth; my husband; son-in-law
2. gū 孤 orphaned; lone　gū ér 孤兒 orphan
3. zuò bàn 做伴 keep sb. company
4. fàng niú 放牛 herd cattle
5. qún 群 crowd; flock; measure word
6. xiān 仙 immortal　xiān nǚ 仙女 fairy maiden
7. fū qī 夫妻 husband and wife
8. xìng 幸 good fortune; happiness　xìng fú 幸福 happiness
9. hǎo jǐng bù cháng 好景不長 good times don't last long
10. niáng 娘 mother
11. fǎn 返 return　fǎn huí 返回 return
12. pī 披 drape over one's shoulder; wrap around
13. zān 簪 hairpin

14. yín hé 銀河 Milky Way
15. xiāng jiàn 相見 meet; see each other
16. xǐ què 喜鵲 magpie
17. ài qíng 愛情 love (between man and woman)
18. chì 翅 wing
19. bǎng 膀 shoulder; arm　chì bǎng 翅膀 wing
20. dā 搭 put up; travel by transport
21. qī xī 七夕 seventh evening of the seventh moon of the lunar calendar
22. yóu lái 由來 cause; reason

專有名詞：

1. niú láng 牛郎 Cowherd
2. zhī nǚ 織女 Weaver Girl
3. wáng mǔ niáng niáng 王母娘娘 Queen Mother of the Western Heavens

第三課　社交用語及禮儀

1

親愛的鍾雷:

　　我的十六歲生日派對將於十月八日晚上七點，在黃金海岸酒店十樓靜園餐廳舉行。歡迎你來參加。到時見!

　　　　　　周樹青
2003 年 9 月 20 日

2

Message

To: 周樹青

Subject: 生日派對

親愛的樹青:

　　你好!

　　謝謝你邀請我參加你的生日派對。我一定會去的，到時見!

　　　　　　　　　石鍾雷

　　　　　　　2003 年 9 月 26 日

3

親愛的樹青:

　　你好!

　　謝謝你邀請我參加你的生日派對。非常遺憾，我那天去不了。我真的很想去，但不巧的是我在加拿大的表姐八日那天正好從澳洲飛回美國，在香港轉機，她在香港只呆一個晚上，所以我一定得陪她玩。請你原諒，實在抱歉。

　　為了不使你太失望，我已經給你買好了禮物。到時會給你一個驚喜。

　　祝你生日快樂，玩得痛快!

　　　　　　　　　　徐紅偉

　　　　　　　2003 年 10 月 2 日

16

4

周樹青：鍾雷，我生日那天能不能借用一下你的數碼相機？我想多拍點照片，然後做一個網頁，這樣我在英國的親戚朋友都可以看到。

石鍾雷：別提多倒霉了！我的數碼相機讓我弟弟弄丟了。我有攝像機，你要嗎？

周樹青：那好吧！麻煩你生日派對那天帶來。

石鍾雷：還是先拿給你吧！我恐怕我會遲到。

周樹青：好啊！你星期五前帶給我吧！拜托了！

5

紅偉：

你好！

非常感謝你送給我的生日禮物。我正想買一副望遠鏡，因爲我兩周後會跟一個觀鳥小組去北戴河觀鳥，這副望遠鏡真是太及時了！

再次感謝你！

周樹青

2003 年 10 月 10 日

生詞：

1. 用語 yòng yǔ terminology; term
2. 儀（仪）yí appearance; ceremony; instrument
   禮儀 lǐ yí rite; protocol
3. 將（将）jiāng will
4. 舉行 jǔ xíng hold; take place
5. 邀 yāo invite; ask 邀請 yāo qǐng invite
6. 遺（遗）yí lose; omit; leave behind
7. 憾 hàn regret 遺憾 yí hàn deep regret
8. 不巧 bù qiǎo unfortunately
9. 呆 dāi stay; dumb
10. 諒（谅）liàng forgive; excuse 原諒 yuán liàng excuse; forgive
11. 實在 shí zài practical; really
12. 抱 bào hold in the arms; hug; cherish
13. 歉 qiàn apology; regret 抱歉 bào qiàn be sorry; regret
14. 失望 shī wàng lose hope; be discouraged
15. 驚（惊）jīng be frightened; shock
    驚喜 jīng xǐ pleasantly surprised
16. 痛快 tòng kuai happy; delighted
17. 數碼 shù mǎ numeral 數碼（照）相機 shù mǎ zhào xiàng jī digital camera
18. 拍 pāi pat; strike; racket; take
    拍照 pāi zhào take a picture
19. 頁 yè page 網頁 wǎng yè home page
20. 別提 bié tí you can well imagine
21. 霉 méi mould; mouldy 倒霉 dǎo méi have bad luck
22. 弄 nòng play with; fiddle with; do; make; get
23. 丟 diū lose; throw; put aside
24. 攝（摄）shè take; absorb; take a photo; photo
    攝像機 shè xiàng jī video camera
25. 恐 kǒng fear; scare; afraid 恐怕 kǒng pà perhaps; probably
26. 遲（迟）chí slow; late 遲到 chí dào late to arrive
27. 啊 a used at the end of a sentence as a sign of confirmation
28. 托 tuō hold up sth. serving as support; ask; beg
    拜托 bài tuō ask a favour of; request
29. 望遠鏡 wàng yuǎn jìng telescope; binoculars
30. 及時 jí shí timely; in time

根據課文判斷正誤：

☐ 1) 周樹青的生日派對在九月二十日舉行。

☐ 2) 周樹青只邀請了石鍾雷參加他的生日派對。

☐ 3) 徐紅偉很遺憾，因爲她不能參加周樹青的生日派對。

☐ 4) 徐紅偉十月八日晚上要陪她表姐玩。

☐ 5) 徐紅偉幫周樹青從北戴河買了一副望遠鏡。

☐ 6) 周樹青想跟石鍾雷借數碼相機。

☐ 7) 石鍾雷的數碼相機壞了。

☐ 8) 周樹青生日會那天會錄像。

18

1 完成下列對話

1. A: 我想請你來我家玩。

   B: ＿＿＿＿＿＿ 什麼時候去你家？

2. A: 聖誕音樂會明天晚上七點在市政府禮堂舉行。我幫你買好了票。你能去嗎？

   B: ＿＿＿＿＿＿ 我明晚已經有約會了。

3. A: 我這個星期六要去參加一個婚禮。我能不能借穿一下你那條真絲連衣裙？

   B: ＿＿＿＿＿＿ 你來之前打個電話給我。

4. A: 我能不能借用一下你新買的數碼相機？

   B: ＿＿＿＿＿＿ 我的相機壞了。

5. A: 麻煩你現在開車送我去機場，行嗎？

   B: ＿＿＿＿＿＿ 我的汽車給人偷了。

6. A: 對不起，王老師，我今天又遲到了。

   B: ＿＿＿＿＿＿ 你先坐下，下課後我再找你談。

7. A: 我考上了牛津大學數學系。

   B: 真的嗎？＿＿＿＿＿＿＿＿＿

8. A: 我家裏來了一幫親戚。我能不能在你家呆幾天？

   B: ＿＿＿＿＿＿ 你呆多久都可以。

9. A: 我爸爸失業了，我媽媽又生病在家。

   B: ＿＿＿＿＿＿＿＿＿＿＿＿＿

10. A: 再借給我五百塊錢吧。求你了，我下星期一定還給你。

    B: ＿＿＿＿＿＿ 我這兩天手頭也很緊。

11. A: 正要上飛機時，我突然發現我的手提包不見了。

    B: ＿＿＿＿＿＿ 你這樣細心的人也會出這種事！

參考詞語：

拜托　遺憾　原諒　恐怕　麻煩　謝謝　抱歉　祝賀　歡迎
痛快　太棒了　真倒霉　對不起　不用謝　沒想到　不客氣
沒問題　算了吧　怎麼辦　真掃興　沒關係　打聽一下
倒霉透了　恭喜恭喜　怎麼回事　太不幸了　真不好意思

2 (CD1) T10 選擇正確答案

1. 丁雲朋友的生日派對有＿＿＿＿等活動。
   - ☐ a) 玩電腦、看電視、下棋
   - ☐ b) 看電影、玩電腦
   - ☐ c) 游泳、踢足球、看電影

2.
   - ☐ a) 孫文的媽媽下星期去郊遊。
   - ☐ b) 孫文不能去，因為她病了。
   - ☐ c) 孫文下個星期有考試，所以不能去郊遊。

3.
   - ☐ a) 楊光的朋友要在家裏舉行倒數派對。
   - ☐ b) 楊光要去澳大利亞旅行。
   - ☐ c) 楊光會在歐洲過新年。

4. 宋明想知道＿＿＿＿＿＿＿＿＿。
   - ☐ a) 化裝舞會在何時何地舉行
   - ☐ b) 生日晚會在什麼地方舉行
   - ☐ c) 婚禮還有哪些人參加

5. 小兵不能去，因為＿＿＿＿＿。
   - ☐ a) 他要跟朋友一起去打球
   - ☐ b) 他不喜歡照相
   - ☐ c) 他要去賽龍舟

6.
   - ☐ a) 魯軍不能馬上決定暑假是否去北京。
   - ☐ b) 魯軍不需要跟他父母商量。
   - ☐ c) 魯軍想知道漢語班上有多少人。

3 調查

採訪你的同桌，問他／她是否會把以下東西借給別人，並說出理由。

- ─ 手機
- ─ 數碼相機
- ─ 化妝品
- ─ 首飾
- ─ 攝像機
- ─ 望遠鏡
- ─ 漢語課本
- ─ 彩色筆
- ─ 錢
- ─ 手錶

例子：

A: 你會把手機借給別人用嗎？

B: 要看他是打長途電話還是打市內電話。如果是打市內電話，那就沒問題。如果是打長途電話，時間短的話也沒問題，但要是打的時間很長，他就得付長途電話費。

4 討論（兩人一組）

假設你們的媽媽要過四十歲生日了。你們倆想爲她開一個驚喜派對，邀請一些親朋好友來參加。你們要發邀請信，然後安排派對。你們要作以下決定：

a) 食品及飲料

b) 生日禮物

c) 活動安排(成人和兒童)

d) 總共花費

例子：

邀請人名單：

- 爺爺、奶奶

- 外公、外婆

- 姑媽、姑夫及兩個表弟

- 媽媽的好朋友（十位）

-

-

-

-

購　物	
食品、飲料	物品（佈置派對場所）

5 (CD1) T11 回答下列問題

（一）

1. 以前北京人"辦年貨"一般都買些什麼？（至少三樣）

2. 現在北京人過年過節時送什麼禮物？（至少兩種）

3. 下面哪幾句話正確？

   □ a) 現在北京人過年仍然互送烟酒。

   □ b) 現在"美容卡"也成了一種禮品。

   □ c) 現在北京人過年不買吃的，也不買新衣服了。

   □ d) 現在北京人送的禮品大多跟健康、學業和工作有關。

（二）

1. 中國人過年時的裝飾一般用什麼顏色？

2. 中國人結婚時哪兩樣東西是紅色的？

3. 下面哪幾句話正確？

   □ a) 中國人生了孩子要發紅色。

   □ b) "紅火"就是生意好的意思。

   □ c) 中國人把歌星、演員叫作"紅人"。

   □ d) 紅色代表吉利、運氣。

6 討論

每個學生輪流說一句。這句話的主要內容是"在不久的將來我想……"，然後其他同學發表意見。

例子：

學生1：在不久的將來我想買一輛汽車。

學生2：我覺得不可能，因為你沒有那麼多錢。

學生3：你有沒有問過你父母親？你還不到十七歲，他們會讓你開車嗎？

參考句型：

真的嗎？

可能嗎？

你是否想過……？

你有沒有問過……？

我覺得這不可能。

我覺得要做到這一點很難。

我認為你首先應該……

你有沒有試過……？

7 根據情景至少説一句話

情景：

1. 我打開書包一看，書包是空的。

2. 第二天早上我發現我們家的門開着。

3. 我爸爸、媽媽晚上十二點還沒有回家。

4. 課上到一半，一個男生突然站了起來，一句話也不説，就往外跑。

5. 坐在地鐵裏，車突然停了，燈也滅了，什麼也看不見。

6. 全城的電腦都癱瘓了。

7. 我的好朋友已經有兩星期沒有來上學了。

8. 我打開電腦，發現我存好的文件不見了。

9. 我們樓裏的飲用水已經停了兩天了。

10. 我已經有一個月沒有吃到魚、肉了，一日三餐我都吃同樣的食物：米飯、素菜和水果。

例子：

學生1：你是不是拿錯書包了？

學生2：也許你自己把東西拿出來後沒有放回去。

學生3：那一定是有人把你的東西偷走了。

學生4：但不可能把他書包裏的東西全偷走啊。

詩歌欣賞

憫農

李紳

鋤禾日當午，
汗滴禾下土。
誰知盤中餐，
粒粒皆辛苦。

參考詞語：

要　不用

也許　（不）會

（不）可以　（不）肯

（不）可能　有可能

（不）一定　（不）應該

23

8 完成下列對話

1. A: 你們家的狗每天晚上叫，我
　　 們晚上根本睡不着。

　 B: _____

2. A: 你説六點到的。你看看，現
　　 在已經六點半了。

　 B: _____

3. A: 這裏有人坐嗎？

　 B: _____

4. A: 我想請你吃飯。你這個星期
　　 六晚上有空嗎？

　 B: _____

5. A: 我昨天在你們店裏買了一張
　　 影碟，回家後放不出來。

　 B: _____

6. A: 我可以開車把你送到機場。

　 B: _____

7. A: 你這些照片拍得真好。

　 B: _____

8. A: 請不要大聲説話。

　 B: _____

9 根據常識回答下列問題

去西方人家裏做客

1. 用餐時，餐巾應該放哪兒？派什麼用場？
2. 刀、叉怎麼用？如果要繼續用餐，刀、叉應該怎樣放在盤子上？
　 如果用餐完畢，刀、叉應該怎樣放？
3. 進餐時，能否將碗碟端起來？
4. 如果進餐時打嗝或咳嗽，你應該怎麼辦？
5. 進餐時，你能否一直保持沉默？你應該怎
　 樣做才有禮貌？
6. 進餐時，如果你想剔牙，你該怎麼做？

7. 吃飯、喝湯能不能發出響聲？
8. 進餐時，怎樣嚼食物才算有禮貌？
9. 去西方人家裏作客，什麼時候到比較合適？
10. 去西方人家裏作客一般帶什麼禮物？
11. 用完餐後，何時離開主人家比較合適？
12. 如果你跟主人不太熟，作客後你應該怎樣向主人表示謝意？

閱讀(三) 孟姜女哭長城

CD1 T12

秦朝時，有一對青年男女：范喜良和孟姜女。在他們結婚的那天晚上，范喜良被秦始皇的軍隊抓去修築長城。冬天快到了，孟姜女還是不見丈夫回來。於是，孟姜女決定把做好的棉衣親自送給丈夫。她經歷了千辛萬苦，終於來到了長城腳下。她四處打聽丈夫的下落，最後有人告訴她，說她丈夫早就累死了，被埋在長城的下面。聽後，孟姜女就大哭了起來。她一邊哭，一邊喊着丈夫的名字。她在長城腳下不知哭了多少日子。忽然有

一天，一聲巨響，長城被孟姜女哭倒了幾十里，她丈夫的屍骨露了出來。孟姜女緊抱着丈夫的屍體，跳海自盡了。

生詞：

1. **孟** mèng a surname
2. **姜** jiāng a surname; ginger
3. **范〔範〕** fàn a surname; example
4. **秦** qín a surname
   秦朝 qín cháo Qin Dynasty (221-206 B.C.)
5. **修築** xiū zhù build; construct
6. **決定** jué dìng decide
7. **棉** mián cotton **棉衣** mián yī cotton-padded clothes
8. **經歷** jīng lì go through; experience
9. **千辛萬苦** qiān xīn wàn kǔ all kinds of hardships
10. **終（終）** zhōng end; finish; death
    終於 zhōng yú in the end; finally
11. **腳下** jiǎo xià under one's feet
12. **四處** sì chù everywhere

13. **打聽** dǎ ting inquire about
14. **落** luò fall; drop **下落** xià luò whereabouts
15. **埋** mái cover up; bury
16. **喊** hǎn shout; cry out; call
17. **忽** hū suddenly **忽然** hū rán suddenly
18. **屍（尸）** shī corpse **屍體** shī tǐ corpse
19. **骨** gǔ bone; skeleton **屍骨** shī gǔ skeleton; remains
20. **露** lù dew; in the open; reveal
21. **緊（紧）** jǐn tight; firm; close; urgent
    自盡 zì jìn commit suicide

專有名詞：

1. **范喜良** fàn xǐ liáng Fan Xiliang
2. **孟姜女** mèng jiāng nǔ Meng Jiang Lady
3. **秦始皇** qín shǐ huáng First Emperor of the Qin Dynasty (259-210 B.C.)

第二單元　時事與娛樂

第四課　通訊與媒體

CD1 T13

網絡： 互聯網，這個二十世紀最偉大的發明之一，爲人類提供了一個可以人人共享的資訊世界，它改變了人類的生存方式、思維方式和交往方式。由於網絡的出現，人們的生活節奏加快了，效率也提高了。網絡提供的信息使人們眼界大開，思路更加開闊。電子郵件使人們的交流方式發生了一次革命。

報刊： 雖然有了互聯網，但是報紙、雜誌還在發揮着它們的作用。報刊便於攜帶，人們瀏覽起來更加方便。在旅途中、休閑時，翻翻報紙、看看雜誌是消磨時間的好方式。因此在電腦被廣泛使用的今天，報紙和雜誌看來還不會馬上被取代。

廣播、電視： 由於其他媒體的出現與普及，聽廣播的人越來越少了。電視機幾乎取代了收音機。看電視早已成爲人們生活的一部分。從電視上，人們可以同時聽到和看到世界各地的時事新聞、財經消息、體育、娛樂報道、天氣預報等。現在電視頻道的選擇也越來越多了，如果你有時間的話，一天24小時都可以坐在電視機前觀看。

生詞：

1. 訊（讯）xùn inquire; question; message
   通訊 tōng xùn communication　資訊 zī xùn information

2. 媒 méi matchmaker; vehicle
   媒體 méi tǐ media

3. 絡（络）luò sth. resembling a net
   網絡 wǎng luò network

4. 互聯網 hù lián wǎng internet

5. 世紀 shì jì century

6. 人類 rén lèi mankind

7. 享 xiǎng enjoy; share　共享 gòng xiǎng share

8. 生存 shēng cún survive

9. 方式 fāng shì way; pattern

10. 思維 sī wéi thought; thinking

11. 交往 jiāo wǎng associate; contact

12. 出現 chū xiàn appear; emerge

13. 奏 zòu play; perform　節奏 jié zòu rhythm

14. 效 xiào effect; imitate; dedicate oneself

15. 率 lù rate; ratio　效率 xiào lù efficiency

16. 提高 tí gāo raise; improve

17. 信息 xìn xī message; news; information

18. 眼界 yǎn jiè field of vision or view

19. 思路 sī lù train of thought

20. 闊（阔）kuò wide; broad; rich　開闊 kāi kuò widen

21. 電（子）郵（件）diàn zǐ yóu jiàn e-mail

22. 交流 jiāo liú exchange

23. 發生 fā shēng happen; occur

24. 革 gé change; leather　革命 gé mìng revolution

25. 揮（挥）huī wave; shake; wipe off; command
    發揮 fā huī bring into play; develop; expand

26. 作用 zuò yòng affect; action; effect

27. 便於 biàn be convenient for

28. 攜（携）xié carry; bring along　攜帶 xié dài bring along

29. 瀏（浏）liú swift　瀏覽 liú lǎn browse

30. 旅途 lǚ tú journey

31. 閒（闲）xián not busy; leisure　休閒 xiū xián have leisure

32. 翻 fān turn (over; up; upside down; inside out)

33. 消 xiāo disappear; reduce　消磨 xiāo mó wear down
    消息 xiāo xi news; information

34. 泛 fàn emerge; extensive　廣泛 guǎng fàn extensive

35. 取代 qǔ dài replace

36. 播 bō spread; broadcast　廣播 guǎng bō broadcast

37. 普及 pǔ jí popular; spread

38. 收音機 shōu yīn jī radio set

39. 時事 shí shì current affairs

40. 財經 cái jīng finance and economy

41. 報道 bào dào report

42. 預（预）yù beforehand　預報 yù bào forecast

43. 天氣預報 tiān qì yù bào weather forecast

44. 頻（频）pín frequently

45. 頻道 pín dào frequency channel

46. 選（选）xuǎn choose; elect

47. 擇（择）zé select; choose　選擇 xuǎn zé select

27

1. 互聯網給人類生活帶來了哪些變化？

2. "人們的交流方式發生了革命"，指的是什麼？

3. 有了互聯網，報紙和雜誌還會存在嗎？爲什麼？

4. 如今聽收音機的人還有嗎？多不多？

5. 爲什麼現在看電視的人越來越多了？

1 討論

電腦能為我們做些什麼？

- 計算
- 打字
-
-
-
-

-
-
-
-
-

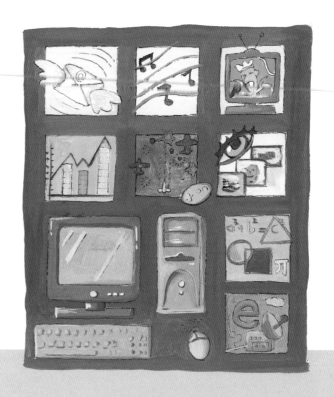

2 討論

如今使用手機的人越來越多，各行各業人士、男女老少，幾乎人手一部手機。手機的更新換代特別快，每年都有新型號問世。手機體積小，便於携帶，使用方便。除此之外，手機還有很多其他的用途。

請回答以下問題：

1. 手機的出現給人們的日常生活帶來了哪些方便與好處？

2. 哪些人最應該有手機？

3. 在校學生應不應該帶手機去學校？學生帶手機去上學有什麼好處和壞處？

4. 你有手機嗎？你手機的費用每個月大概多少錢？誰來支付？

3 CD1 T14 填充

時　間	地　點	事　件
1.		
2.		
3.		
4.		

4 根據你自己的情況回答下列問題

1. 你能説出幾種本地報紙？哪幾種？

2. 你通常閲讀什麼報紙？

3. 你每天都從哪兒得到新聞？

4. 你常看 CNN（美國有綫電視新聞網）、BBC（英國廣播公司）或 CCTV（中國中央電視臺）的新聞報道嗎？

5. 你通常看英文節目還是中文節目？

6. 你最喜歡看什麼電視節目？看哪個頻道？

7. 你經常瀏覽什麼網頁？看什麼內容？

8. 你每天最想了解哪些方面的新聞？

9. 你每天都收發電郵嗎？

10. 你家可以收看有綫電視節目嗎？

詩歌欣賞

賦得古原草送別

白居易

離離原上草，
一歲一枯榮。
野火燒不盡，
春風吹又生。

29

5 CD1 T15 回答下列問題

(一)

1. 以前的學生放學後一般會做什麼？

2. 現在的學生放學後一般會做什麼？

3. 下面哪幾句話正確？

☐ a) 現在的學生可以連續看幾個小時的電視。

☐ b) 現在的學生從來都不看報。

☐ c) 以前的學生比現在的學生有更多的時間看書。

☐ d) 電腦取代了電視。

(二)

1. 電是什麼時候發明的？

2. 廣播和電視給人們的生活帶來了什麼？

3. 下面哪幾句話正確？

☐ a) 電視出現以前就有了電腦。

☐ b) 只有在白天才可以上網。

☐ c) 上網是跟外界聯絡的一種方法。

☐ d) 互聯網方便了人們的生活。

6 討論

電腦將怎樣為我們服務？

　　今後的電腦將無所不能，它能為人類的日常生活帶來很多便利，為人類"全心全意"地服務。想像今後的電腦將可能成為：

— 圖書館
— 旅行社
— 郵局
— 電影院
— 商場
— 學校
— 醫院

例子：

學生1：今後不用去圖書館，有些小說在網上也能看到。

學生2：我以前經常去圖書館看當天的報紙，現在在網上也能看到。

學生3：今後也不用去圖書館看雜誌，因為在網上都有，但是要付費。

7 討論

1 我們生活在一個電子科技飛速發展的時代,因此人與人之間的溝通變得既快捷又方便。打個電話、發個傳真或電郵,便可以使信息在幾秒鐘內從地球的這端傳到那端。

互聯網給人類生活、工作和學習帶來了哪些好處和壞處?

好處	壞處

參考詞語:

聊天　交友　娛樂　壞人

影響　購物　交費　色情

上癮　做生意　玩遊戲

查資料　消磨時光

2 在網上聊天室裏,一個人不用透露自己的真實姓名和身份,這樣下去會使人養成什麼習慣? 帶來什麼後果?

參考詞語:

誠實　想像　性別　年齡　實話　撒謊

保護　透露　習慣　時尚　誤解　得意

尷尬　提醒　後果　編造　住址　聊天室

電話號碼

8 討論

你認為這些媒體對人類有哪些影響?

- 電視
- 廣播
- 電腦
- 報紙
- 雜誌
- 電影

例子:

我認為電視對人類影響很大，因為電視把戰爭、饑荒、災難等真實的畫面傳給觀眾，激發人們對和平、自由和幸福的渴望與追求。電視還打破了國界，使得觀眾坐在電視機前便知道世界各地發生的事。

9 調查

派什麼用場?

	播放音樂	電影	遊戲	呼救	交通信息	國內、外新聞	短訊	打字	上網
電視									
收音機									
手機									
報紙									
雜誌									
電腦									

10 討論

情景: 在一個星期內不能看電視,不能聽廣播,不能用電話和電腦,也不能去電影院看電影。除了上學(8:00–15:30)以外,你怎樣安排你的課餘時間?

要求:

1. 活動要豐富多彩,符合學生年齡、生活和物質條件。

2. 星期一到星期五的每天晚上做兩個小時的功課。從放學後到睡覺之前這段時間裏要安排活動。

3. 星期六、星期日分別做兩個小時的功課,其餘時間要安排活動。

閱讀(四) 孔子

　　孔子是中國歷史上春秋末期的魯國人。他是中國古代著名的思想家、教育家，也是儒家學派的創始人。他的思想及學說對後人產生了極其深遠的影響。

　　孔子從小就非常聰明好學，而且志向遠大。可惜他早年的學說並沒有受到歡迎，所以晚年時他開始專心教學及著書。

　　孔子的教學思想主張"有教無類"，也就是說不論學生有什麼樣的出生背景，他都收。孔子還主張"學而時習之"，意思是學習時應該經常複習。孔子要求學生"學而不厭"，而對老師則要求"誨人不倦"。孔子還特別主張"仁"和"禮"，教育孩子要尊敬師長、孝順父母。

　　孔子死後，他的弟子把他的言論思想編進了《論語》一書，書中有很多教人求學、做人的道理，對後人的影響極為遠大。

生詞：

1. 春秋 chūn qiū the Spring and Autumn Period (722-481 B.C.)
2. 末期 mò qī last stage
3. 儒 rú Confucianism
4. 學派 xué pài school of thought
5. 創（创）chuàng create
　　創始人 chuàng shǐ rén founder
6. 學說 xué shuō teachings
7. 產生 chǎn shēng cause
8. 極其 jí qí extremely
9. 深遠 shēn yuǎn profound
10. 志向 zhì xiàng ambition
11. 遠大 yuǎn dà lofty

12. 主張 zhǔ zhāng advocate
13. 有教無類 yǒu jiào wú lèi in education, there should be no distinction of social status
14. 不論 bú lùn regardless of
15. 背景 bèi jǐng background
16. 學而時習之 xué ér shí xí zhī learn and constantly review what one has learned
17. 要求 yāo qiú require
18. 學而不厭 xué ér bú yàn be insatiable in learning
19. 則（则）zé indicating contrast
20. 誨（诲）huì teach
21. 倦 juàn tired
　　誨人不倦 huì rén bú juàn be tireless in teaching

22. 仁 rén benevolence
23. 尊 zūn respect
24. 敬 jìng respect 尊敬 zūn jìng respect
25. 孝 xiào filial piety
26. 順 shùn obey; in good luck
　　孝順 xiào shùn show filial piety
27. 言論 yán lùn opinion on public affairs
28. 編（编）biān compile
29. 求學 qiú xué pursue one's studies
30. 做人 zuò rén conduct oneself

專有名詞：

1. 孔子 kǒng zǐ Confucius (551-479 B.C.)
2. 《論語》 lún yǔ the Analects of Confucius

33

第五課　娛樂與休閒

1 張劍是個十足的電影迷,看電影是他唯一的嗜好。只要有新的影碟出來,他一定會去租來看。什麼科幻片、動作片、故事片、武打片等等,他都愛看。中國影視明星、好萊塢影星,他都很熟悉。他平時最關心媒體上的娛樂新聞。

2 黃希英非常喜歡跳舞,什麼民族舞、拉丁舞等等,她都會跳。她最擅長芭蕾舞。她從五歲開始學跳芭蕾舞,已經跳了十年了。每年暑假,芭蕾舞學校都編排一場演出。她曾經參加過《睡美人》、《天鵝湖》等名劇的演出,而且總是演主角。在學校她最喜歡上戲劇課,每年都參加學校的話劇表演。她打算中學畢業後去英國的大學學習戲劇專業。她以後想當一個演員。

3 丁少聰喜歡運動,尤其是球類運動。他板球打得好,足球踢得更好,可以稱得上是個足球迷。他從小學開始支持英國的利物浦足球俱樂部隊。只要電視上有他們的比賽,他半夜都會爬起來看。如果他們贏了,他會為他們歡呼叫好;如果輸了,他會替他們感到失望掃興。四年一次的世界杯足球賽,他一定是個忠實的觀眾。

生詞：

1. shí zú 十足 sheer
2. mí 迷 be confused; crazy about; fan
   qiú mí 球迷 (ball game) fan
3. wéi 唯 only　wéi yī 唯一 only
4. shì 嗜 be addicted to
   shì hào 嗜好 hobby; addiction
5. huàn 幻 imaginary
   kē huàn piàn 科幻片 science fiction movie
   dòng zuò piàn 動作片 action movie
6. 動作片 action movie
7. gù shì piàn 故事片 feature film
8. wǔ dǎ piàn 武打片 kung fu movie
9. míng xīng 明星 star
10. yǐng xīng 影星 movie star
11. xī 悉 know; learn; be informed
    shú xī 熟悉 know sth. or sb. well
12. nèi róng 內容 content
13. lā dīng 拉丁 Latin
14. shàn 擅 be good at; do sth. without the approval
    shàn cháng 擅長 be good at
15. bā lěi wǔ 芭蕾舞 ballet
16. biān pái 編排 write (a play, etc.) and rehearse
17. céng 曾 once　céng jīng 曾經 once
18. é 鵝（鹅）goose　tiān é 天鵝 swan
19. hú 湖 lake
20. zhǔ jué 主角 leading role

21. huà jù 話劇 stage play
22. zhuān yè 專業 specialized subject; professional
23. yǎn yuán 演員 actor or actress
24. yóu 尤 fault; especially
    yóu qí 尤其 particularly
25. qiú lèi 球類 ball games
26. bǎn 板 board; plate
    bǎn qiú 板球 cricket
27. chí 持 hold; grasp; support
    zhī chí 支持 support
28. jù 俱 complete; all　jù lè bù 俱樂部 club
29. bàn yè 半夜 midnight
30. pá 爬 crawl
31. yíng 贏（赢）win
32. huān hū 歡呼 hail; cheer
33. jiào hǎo 叫好 applaud
34. shū 輸（输）lose
35. sǎo xìng 掃興 feel disappointed
36. guān zhòng 觀眾 audience

專有名詞：

1. hǎo lái wū 好萊塢 Hollywood
2. shuì měi rén 《睡美人》 Sleeping Beauty
3. tiān é hú 《天鵝湖》 Swan Lake
4. lì wù pǔ 利物浦 Liverpool
5. shì jiè bēi 世界杯 World Cup

根據課文回答下列問題：

1. 張劍有什麼嗜好？

2. 他每天最關心哪些新聞？

3. 黃希英最擅長跳哪種舞？

4. 她演出過什麼芭蕾舞劇？

5. 她大學畢業以後想做什麼？

6. 丁少聰是哪個球隊的球迷？

7. 丁少聰每次都看他支持的球隊比賽嗎？

8. 世界杯足球賽每幾年舉行一次？

1 調查

(一) 電影

1. 請為下列電影就各人興趣打分。"1"為喜歡；"2"為還可以；"3"為不喜歡

動作片＿＿＿＿　愛情片＿＿＿＿　動畫片＿＿＿＿　喜劇片＿＿＿＿

科幻片＿＿＿＿　歷史片＿＿＿＿　紀錄片＿＿＿＿　武打片＿＿＿＿

2. 你最愛看的中文電影＿＿＿＿＿＿＿＿＿＿＿＿＿＿＿＿。

3. 你最愛看的英文電影＿＿＿＿＿＿＿＿＿＿＿＿＿＿＿。

(二) 電視

1. 你每天看多久？

電視節目 ＼ 時間	0.5 小時	0.5-1 小時	1-1.5 小時	1.5-2 小時	2 小時以上
國內、外新聞					
體育新聞					
電視劇					
動畫片					
電影					
財經新聞					
娛樂					

2. 你最愛看的電視節目＿＿＿＿＿＿＿＿＿＿＿＿＿＿＿＿。

3. 你最不愛看的電視節目＿＿＿＿＿＿＿＿＿＿＿＿＿＿。

2 CD1 T18 填充

1. 錦標賽在 2003 年＿＿＿＿＿＿＿＿舉行。

2. 錦標賽在＿＿＿＿＿＿＿＿＿＿＿＿舉行。

3. 參賽的運動員人數有＿＿＿＿＿＿＿＿。

4. 這次是第＿＿＿＿＿＿＿屆國際花樣滑冰錦標賽。

5. 參賽運動員來自＿＿＿＿＿＿＿、歐洲、大洋洲和＿＿＿＿＿＿＿。

詩歌欣賞

樂遊原

李商隱

向晚意不適，
驅車登古原。
夕陽無限好，
只是近黃昏。

3 調查

課餘時間你做什麼？

1. 上網瀏覽	8.	15.
2. 發呆	9.	16.
3.	10.	17.
4.	11.	18.
5.	12.	19.
6.	13.	20.
7.	14.	21.

4 CD1 T19 回答下列問題

（一）

1. 電影《哈利‧波特與密室》將於哪天在北京開始上演？

2. 與電影有關的產品有哪些？（至少三個）

3. 下面哪幾句話正確？

   ☐ a) 哈利‧波特茶杯也是相關產品之一。

   ☐ b) 哈利‧波特專賣店於2003年1月24日開張。

   ☐ c) 在北京街頭到處可以看到《哈利‧波特與密室》的電影廣告和海報。

   ☐ d) 每天大約有一萬人去專賣店買東西。

（二）

1. 法國偉大的文學家雨果是哪年出生的？

2. 大型音樂劇《巴黎聖母院》將在哪兒演出？連續演出幾場？

3. 下面哪幾句話正確？

   ☐ a) 在北京經常可以看到世界著名音樂劇的原裝演出。

   ☐ b) 票價520塊一張。

   ☐ c) 人們可以通過電話訂票，也可以在網上訂票。

   ☐ d) 演出於2002年12月20日開始。

5 假設你是一名電影演員，有一個記者採訪你。完成下面的對話

記者：當演員一定很有趣吧！

演員：這是一份很辛苦的工作。在電影裏看到的一分鐘，我們有時候得排演一、兩個小時。

記者：真的嗎？

演員：一場戲要拍好幾次，把拍得最好的剪接在一起才成為一部電影。

記者：那麼每場戲至少要拍幾次？

演員：這很難說，有的拍了十幾次導演還不滿意。

記者：你能不能說一下你自己？

演員：

記者：

6 自我測試

你的學習負擔是否太重了？以下測試可以幫助你作出判斷。

	從來不 = 1 分	很少 = 2 分	經常 = 3 分	總是 = 4 分
1. 功課太多，你覺得需要別人幫助。				
2. 你每晚睡五、六個小時。				
3. 你經常發無名火。				
4. 你經常一口氣學習兩、三個小時。				
5. 你總是一腦多用，同時想好幾件事。				
6. 你幾乎沒有空閒時間輕鬆一下。				
7. 你經常吃不下飯，睡不好覺。				
8. 你很在乎考試成績。				
9. 學習上遇到困難時，你會很着急。				
10. 你每個學期都訂學習計劃。				
11. 課間休息時，你還留在教室裏做功課。				
12. 如果你做錯事，你會生自己的氣。				
13. 你幾乎沒有時間跟朋友出去玩。				
14. 你今年沒有參加任何課外活動。				
15. 你沒有時間看電視。				

35 分以下：學習量適中。

36-45 分：　學習負擔比較重，應該適量豐富課餘生活。請制定改進計劃。

46 分以上：學習負擔太重，一定要想辦法調整。請制定改進計劃。

7 回答下列問題

哈利‧波特是個什麼樣的孩子?

1. 他長得什麼樣?

2. 他的腦門上有什麼記號?

3. 他手裏拿着什麼魔具?

4. 他從小是否有父母親在身邊?

5. 他是在怎樣的環境中長大的?

6. 他父母是做什麼的?

7. 他自己有魔法嗎?

8. 十一歲生日那年,他的生活發生了什麼
變化? 他去了哪兒?

9. 他有幾個好朋友? 他們分別叫什麼名字?

10. 根據這套書而拍成的電影現在有幾部了?
這幾部電影分別叫什麼名字?

參考詞語:

收到　寄養　驚險　經歷

巫師　原來　書呆子　長得(像)

一道傷疤　魔法學校

魔法高強　父母雙亡

一支掃把　魔法能力

一副眼鏡　入學通知書

一根魔術棒　對……(不)好

8 做一個口頭報告(以下問題僅供參考)

1. 你有什麼嗜好?

2. 你經常買影碟看嗎? 你最近看了什麼影碟?

3. 好萊塢的影星中,你最喜歡哪一個? 為什麼?

4. 你喜歡跳舞嗎? 跳什麼舞? 從什麼時候開始跳舞的? 是否參加過比賽?

5. 你看過哪些芭蕾舞劇? 請講一下其中的一個。

6. 你參加過學校的話劇演出嗎? 你演過什麼角色? 從演出中你學到了什麼?

7. 你常常看球賽嗎? 你支持哪個球隊? 你支持的球隊最近排名第幾?

8. 你擅長哪種球類活動? 打得怎麼樣?

9. 你看世界杯足球賽嗎? 你每場都看還是只看決賽?

10. 你看過馬戲團的表演沒有? 看過什麼動物表演? 最近的一次是在哪兒看的?

11. 你看過雜技表演嗎? 最近的一次你是跟誰一起去看的? 一張門票多少錢?

12. 你看過時裝表演嗎? 你最喜歡哪一個模特兒?

13. 你喜歡收藏東西嗎? 收藏什麼東西?

14. 你集郵嗎? 你收集哪些國家的郵票? 從集郵中你學到了什麼?

閱讀（五） 老子

CD1 T20

　　老子是中國古代偉大的思想家和哲學家。他從小勤奮學習，閱讀過大量的古代書籍，中年時已成爲有名的學者。

　　老子是道家的創始人。他寫的那篇五千多字的《道德經》是道家哲學的經典著作。老子在這部著作中表達了他的宇宙觀、人生觀和政治觀。道教是中國土生土長的宗教，它以老子的"道"的哲學概念爲基礎，正式創立於東漢中葉。

　　老子有關人生的觀點在百姓生活中流傳很廣。一般人以爲一生能吃好、穿好、住好便是幸福了，但老子認爲只追求物質享受的話，會損害做人應有的本性。他認爲"貪婪招禍"，"知足常樂"。老子還認爲世上萬物都有兩方面，"物極必反"，人生的福禍也是輪流更替的。

生詞：

1	哲 zhé intelligent 哲學 zhé xué philosophy	
2	勤 qín diligent 勤奮 qín fèn industrious	
3	閱讀 yuè dú read	
4	學者 xué zhě scholar	
5	道家 dào jiā Taoists 道教 dào jiào Taoism	
6	篇 piān piece of writing; measure word	
7	經典 jīng diǎn classics; scriptures	
8	著作 zhù zuò work; book	
9	宇 yǔ universe	
10	宙 zhòu time 宇宙 yǔ zhòu universe 宇宙觀 yǔ zhòu guān world view	
11	人生觀 rén shēng guān outlook on life	
12	土生土長 tǔ shēng tǔ zhǎng locally born and bred	
13	宗 zōng sect 宗教 zōng jiào religion	
14	概念 gài niàn concept	
15	基 jī base	
16	礎（础）chǔ plinth 基礎 jī chǔ foundation	

17 正式 zhèng shì formal

18 創立 chuàng lì found

19 東漢 dōng hàn Eastern Han Dynasty (25-220)

20 中葉 zhōng yè middle period

21 有關 yǒu guān relate to

22 觀點 guān diǎn viewpoint

23 百姓 bǎi xìng civilians

24 流傳 liú chuán spread

25 追 zhuī chase; pursue

26 追求 zhuī qiú pursue

26 物質 wù zhì material; substance

27 享受 xiǎng shòu enjoy; treat

28 損（损）sǔn harm

29 害 hài harm; damage

損害 sǔn hài harm; damage

30 本性 běn xìng innate nature

31 貪（贪）tān greedy

32 婪 lán greedy 貪婪 tān lán greedy

33 招 zhāo cause; attract

貪婪招禍 tān lán zhāo huò greed causes misfortune and disaster

34 知足常樂 zhī zú cháng lè contentment is happiness

35 萬物 wàn wù all creatures

36 方面 fāng miàn aspect

37 物極必反 wù jí bì fǎn no extreme will last long

38 輪流 lún liú take turns

39 更替 gēng tì alternate; interchange

專有名詞：

1 老子 lǎo zǐ Laozi (581-500 B.C.)

2 《道德經》 dào dé jīng Classic of the Way and Virtue

第六課　社會名流

　　張藝謀是中國第五代傑出的電影導演之一，為中國電影走向世界作出了很大的貢獻。他1951年出生於西安市，1968年正趕上中國的文化大革命，他初中畢業後便去了農村，後來又當過工人。1978年他考入了北京電影學院攝影系，畢業後分配到廣西電影製片廠當攝影師。

　　從1984年開始，張藝謀先後做過攝影師，當過演員，後來才轉向導演電影。他導演的《紅高粱》、《活着》、《大紅燈籠高高掛》、《我的父親和母親》等影片在國內和國際的電影節上多次獲過獎。他執導的《英雄》曾進軍奧斯卡，角逐最佳外語片獎。

　　英國已故王妃戴安娜生於1961年，1997年8月31日死於一場車禍。1981年戴安娜與查爾斯王子結婚，他們的結合可以說是一個美麗的童話故事，不幸的是他們的婚姻最後以離婚而告終。

　　戴安娜性格活潑、平易近人、富有愛心。她參與過很多慈善活動，曾為一百多家慈善機構籌款，還捐出自己的禮服用於拍賣。戴安娜不願意受王室傳統禮儀的約束，以實際行動塑造了一個現代王妃的形象。

生詞：

1. shè huì 社會 society
2. míng liú 名流 celebrity
3. jié 傑（杰）outstanding jié chū 傑出 outstanding
4. dǎo yǎn 導演 director
5. gòng 貢（贡）tribute
6. xiàn 獻（献）offer gòng xiàn 貢獻 contribute
7. gǎn shàng 趕上 catch up with; encounter
8. nóng cūn 農村 rural area; countryside
9. shè yǐng 攝影 take a photo; film shè yǐng shī 攝影師 photographer
10. xì 系 department
11. pèi 配 distribute; assign fēn pèi 分配 assign; allocate
12. yǐng piàn 影片 film
13. huò 獲（获）obtain; win
14. jiǎng 獎（奖）prize huò jiǎng 獲獎 win a prize
15. zhí 執（执）take charge of zhí dǎo 執導 direct
16. xióng 雄 male; mighty yīng xióng 英雄 hero
17. jìn jūn 進軍 advance
18. zhú 逐 pursue jué zhú 角逐 contest
19. jiā 佳 excellent zuì jiā 最佳 best
20. yǐ gù 已故 late; deceased
21. fēi 妃 wife of a prince wáng fēi 王妃 princess
22. chē huò 車禍 traffic accident
23. yǔ/yù 與（与）and; participate cān yù 參與 participate
24. jié hé 結合 be united in marriage; combine
25. lì 麗（丽）beautiful měi lì 美麗 beautiful
26. tóng huà 童話 fairy tales
27. bú xìng 不幸 unfortunate
28. yīn 姻 marriage hūn yīn 婚姻 marriage
29. lí hūn 離婚 divorce
30. gào zhōng 告終 come to an end
31. píng yì jìn rén 平易近人 modest and easy of access
32. fù yǒu 富有 rich in; full of
33. cí 慈 kind; loving cí shàn 慈善 charitable
34. gòu 構（构）construct jī gòu 機構 organization
35. chóu 籌（筹）raise
36. kuǎn 款 sum of money chóu kuǎn 籌款 raise money
37. juān 捐 donate; contribute
38. lǐ fú 禮服 full dress
39. pāi mài 拍賣 auction
40. yuàn 願（愿）wish; willing yuàn yì 願意 willing; wish
41. wáng shì 王室 royal family
42. yuē shù 約束 restrain; constrain
43. shí jì 實際 actual
44. xíng dòng 行動 act
45. sù 塑 model; mould sù zào 塑造 model; portray
46. xíng xiàng 形象 image

專有名詞：

1. wén huà dà gé mìng 文化大革命 the Cultural Revolution (1966-1976)
2. hóng gāo liáng 《紅高粱》 Red Sorghum
3. huó zhe 《活着》 To Live
4. dà hóng dēng long gāo gāo guà 《大紅燈籠高高掛》 Raise the Red Lantern
5. wǒ de fù qin hé mǔ qin 《我的父親和母親》 The Road Home
6. ào sī kǎ 奧斯卡 Oscar
7. dài ān nà 戴安娜 Princess Diana
8. chá ěr sī wáng zǐ 查爾斯王子 Prince Charles

43

根據課文回答下列問題：

1. 張藝謀是誰？
2. 張藝謀上大學之前曾經做過什麼？
3. 張藝謀從電影學院畢業後做過哪些工作？
4. 他執導的電影在國際電影節獲過獎嗎？
5. 戴安娜結婚時多大年紀？
6. 戴安娜的婚姻結局怎樣？
7. 戴安娜是怎樣支持慈善機構的？
8. 她是怎麼死的？

1 介紹一個你熟悉的名人

- 他／她的姓名及國籍
- 他／她的職業
- 他／她結婚了嗎？結過幾次婚？有沒有子女？
- 他／她的長相和性格是怎樣的？
- 他／她擅長什麼？
- 媒體經常報道他／她嗎？
- 他／她為公眾做了哪些善事？
- 他／她參與過哪些慈善活動？
- 你為什麼喜歡他／她？
- 你怎樣得到有關他／她的消息？
- 你有沒有收集他／她的照片及其他東西？

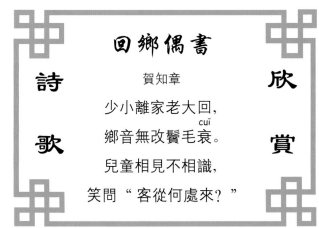

詩歌欣賞

回鄉偶書

賀知章

少小離家老大回，
鄉音無改鬢毛衰。
兒童相見不相識，
笑問"客從何處來？"

2 CD1 T22 填充

威廉王子	
1. 長相	
2. 身高	
3. 曾就讀學校	
4. 愛好	
5. 喜歡穿的衣服	
6. 喜歡看的電影	
7. 喜歡聽的音樂	

3 討論

公眾人物有哪幾類？都有哪些人物？（每一類列舉兩個）

雖然他們有名，但他們的生活中有哪些不自由的地方？

- 影視明星：成龍、李連杰
- 模特兒
-
-
-
-

- 行動不自由
-
-
-
-
-

-
-
-
-
-
-

參考詞語:

傳媒　說話　行動　保鏢　隨便　緋聞

子女　拍照　跟踪　記者　焦點　處處小心

4 採訪（以下問題僅供參考）

1. 你經常捐款嗎？為哪個慈善機構捐款？

2. 你為慈善活動捐過什麼物品，比如書籍、衣物等？

3. 你們學校組織過義賣活動嗎？你曾經為此活動做過什麼？

4. 你覺得當地哪些人最需要幫助？

5. 你為當地需要幫助的人士做過哪些善事？

6. 你認為幫助這些人最有效的辦法是什麼？

7. 你有沒有組織過籌款活動？你曾經通過什麼辦法來籌款？

5 [CD1][T23] 回答下列問題

（一）

1. 比吉斯兄弟原籍哪裏？

2. 比吉斯兄弟的父母曾經做過什麼工作？

3. 以下哪幾句話正確？

   ☐ a) 比吉斯三兄弟從六十年代就開始了他們的搖滾生涯。

   ☐ b) 他們主要演唱自己創作的歌曲。

   ☐ c) 八十年代是他們的黃金歲月。

   ☐ d)《周末狂熱》是他們推出的最後一首歌。

（二）

1. 這個樂隊由哪些人組成？

2. 這個樂隊演奏什麼樂器？(列出兩種)

3. 以下哪幾句話正確？

   ☐ a) 樂隊只演奏中國古典音樂。

   ☐ b) "中西合璧" 是這個樂隊的演奏風格。

   ☐ c) 樂隊的演奏服裝一律是中式禮服。

   ☐ d) 樂隊的演奏給觀眾帶來聽覺和視覺上的享受。

6 討論

1. 中國人傳統的婚姻觀念是 "白頭到老"、"百年好合"。在你們國家人們的傳統婚姻觀念是怎樣的?

2. 在現代社會裏, 因爲人們不像以前那樣重視婚姻, 因此離婚率上升了, 你是否同意?

3. 爲什麼現在離婚的人多了? 你是否同意以下的說法?

    - 婦女地位提高了
    - 婦女在經濟上獨立了
    - 夫妻感情不合
    - 男方或女方有婚外情

4. 父母離婚對子女帶來什麼影響? 你是否同意以下的說法?

    - 子女沒人照顧
    - 子女沒有一個完整的家庭
    - 子女以後也可能會離婚
    - 子女的性格發展可能受到影響

5. 你覺得怎樣才能有更持久的婚姻? 你是否同意以下的說法?

    - 結婚之前男女雙方應多花點時間了解對方
    - 夫妻之間要經常交流思想、看法
    - 夫妻之間要尊重對方的興趣、愛好
    - 夫妻之間要互相體諒、理解

7 小組活動

例子： 糕餅義賣：動員全班同學捐出各種糕餅甜點，在課間和午飯休息時間在校園內賣給老師和學生，賣來的錢捐獻給一個慈善機構。

1 一個星期前把廣告設計出來，並張貼在校園內。

十年級三班
糕餅甜點義賣

時間：9月17日中午
地點：學校禮堂

2 列出每個學生捐的食物。

蛋糕：吳春華
　　　孫麗英
　　　鄭雪琴
餅乾：周文強
　　　唐世年
　　　何有光
爆玉米花：
冰淇淋：
……

3 列出義賣小組名單。
小組1：張力　齊文秀
小組2：古雲田　楊林
小組3：
……

4 兩人管錢：高新　孔石

5 捐助對象：殘疾兒童孤兒院
理由：

該你了！

慈善活動1：
二手貨義賣
動員全班同學捐出家裏不用的東西拿到學校來賣給老師和學生。
二手貨分類：衣服……
何時拿來學校：
何時何地義賣：
捐助對象及理由：
廣告設計：

慈善活動2：
24小時禁食（星期五早上7:00—星期六早上7:00）
學生：28個年齡12-13歲八年級學生
天氣：夏天，氣溫在28～30℃
要求：在24小時內只可以喝水，少許果汁，不能吃口香糖和任何糖果。放學後全班同學與一位老師集中在一個教室裏過夜，白天的活動需要嚴格控制，晚上要安排娛樂活動。

1. 星期五7:00前早飯吃什麼？
2. 星期五一天在校上課要注意什麼？
3. 每個同學過夜要帶什麼東西？
4. 安排些什麼娛樂活動來打發時間？
5. 星期六早飯該吃什麼？
6. 捐助哪個慈善機構？為什麼？
7. 怎樣做宣傳工作？

閱讀（六） 玄奘

CD1 T24

　　古代神話小説《西遊記》講的是唐僧去西天取經的故事。雖然小説裏的許多故事是虛構的，但唐僧取經卻真有其事。

　　唐僧，即玄奘，是唐代著名的高僧、佛教學者、翻譯家和旅行家。玄奘出生在公元602年，少年時就愛好佛學，13歲當了和尚。後來他遊歷了全國各地的著名寺院，向佛學大師求教，學習佛教經典。雖然如此，玄奘對自己學到的知識還是不滿足，決心到佛教發源地——印度去取經。

　　公元628年，玄奘從京城長安（今西安）出發，穿越沙漠，歷盡千辛萬苦，於第二年到達了印度。公元645年，玄奘回到了長安。17年間他走了5萬里路，周遊了許多國家，帶回了675部佛經。在後來的19年時間裏，他翻譯了75部佛經。他還著有《大唐西域記》一書，記錄了他遊歷過的國家的歷史、風土人情、宗教信仰、地理物產等情況。玄奘於公元664年去世，享年62歲。

生詞：

1. 神話 shén huà mythology
2. 僧 sēng Buddhist monk
　 高僧 gāo sēng eminent monk
3. 取經 qǔ jīng go on a pilgrimage to India for Buddhist scriptures
4. 虛 xū false　虛構 xū gòu fabricate
5. 佛教 fó jiào Buddhism
6. 譯（译）yì translate; interpret
　 翻譯 fān yì translate; interpret
7. 旅行 lǚ xíng travel; journey
8. 佛學 fó xué Buddhist learning
9. 遊歷 yóu lì travel
10. 寺院 sì yuàn temple; monastery

11. 求教 qiú jiào ask for advice
12. 知識 zhī shi knowledge
13. 滿足 mǎn zú satisfied
14. 源 yuán source
　 發源地 fā yuán dì place of origin
15. 穿越 chuān yuè pass through
16. 漠 mò desert　沙漠 shā mò desert
17. 歷盡 lì jìn experience repeatedly
18. 周遊 zhōu yóu travel around
19. 域 yù domain; region
20. 記錄 jì lù record
21. 仰 yǎng look up; admire
　 信仰 xìn yǎng belief; faith

22. 物產 wù chǎn product
23. 況 kuàng condition
　 情況 qíng kuàng situation
24. 享年 xiǎng nián die at or live to the age of

專有名詞：

1. 《西遊記》xī yóu jì Journey to the West
2. 玄奘 xuán zàng Buddhist Scholar of Tang Dynasty (602-664)
3. 印度 yìn dù India
4. 長安 cháng ān China's ancient capital city
5. 《大唐西域記》dà táng xī yù jì Records on the Western Regions of the Great Tang Empire

第三單元　青年一代

第七課　青年人的煩惱

進入青春期後，青少年就會有各種各樣的煩惱，比如來自學習上的煩惱、人際交往方面的煩惱、家庭關係帶來的煩惱、跟異性交往而產生的煩惱等等。

在學習方面，由於所學的科目增加了，功課多了，考試壓力也大了。如果考試成績不理想，有些人會感到煩惱。

在人際交往方面，由於青少年有時候情緒不穩定，心理還不太成熟，因此有時不善於處理與朋友間的關係，再加上有些青少年比較害羞、自卑，便很難交到朋友，有時甚至被其他同學欺負。還有一些青少年驕傲自大、自私、妒嫉心強，覺得自己很酷，這都使得他們很難與別人相處。

在家庭關係方面，有些青少年抱怨他們的父母總是覺得他們懶惰，學習不夠用功。還有一些同學認為家長對他們管教太嚴，在某些問題上得不到家長的理解和支持，因此很難跟他們溝通。

在與異性交往方面，有些青少年過早談戀愛，有時候處理不好男女之間的感情，這同樣給他們帶來煩惱。

青春期是人生的一個重要階段，社會、學校和家庭都應該給予青少年關懷及幫助，使他們順利地度過這段時期。青少年也應以積極、健康和向上的態度來對待煩惱。

生詞：

1. náo 惱（恼）angry　fán nǎo 煩惱 worried; upset
2. qīng chūn qī 青春期 adolescence
3. rén jì 人際 interpersonal
4. yì xìng 異性 opposite sex
5. zēng jiā 增加 increase
6. yā lì 壓力 pressure
7. jì 績（绩）achievement　chéng jì 成績 achievement
8. lǐ xiǎng 理想 ideal
9. xù 緒（绪）mood　qíng xù 情緒 mood
10. wěn 穩（稳）steady　wěn dìng 穩定 stable
11. xīn lǐ 心理 psychology
12. chéng shú 成熟 mature
13. shàn 善於 be good at
14. chǔ lǐ 處理 handle; deal with
15. xiū 羞 shy; shame　hài xiū 害羞 shy
16. bēi 卑 humble　zì bēi 自卑 feel inferior
17. shèn 甚 very　shèn zhì 甚至 even
18. qī 欺 bully; intimidate
19. fù 負（负）shoulder; bear; owe; negative
    qī fu 欺負 bully; take advantage of
20. jiāo 驕（骄）proud; arrogant
21. ào 傲 proud; arrogant　jiāo ào 驕傲 arrogant; pride
    jiāo ào zì dà 驕傲自大 conceited and arrogant
22. sī 私 private; secret; illegal; selfish
    zì sī 自私 selfish

23. dù 妒 envy; jealous of
24. jí 嫉 jealous of　dù jí 妒嫉 jealous of
25. kù 酷 cruel; very; cool
26. xiāng chǔ 相處 get along with one another
27. yuàn 怨 complain; blame　bào yuàn 抱怨 complain
28. lǎn 懶（懒）lazy; sluggish
29. duò 惰 lazy; idle　lǎn duò 懶惰 lazy
30. guǎn jiào 管教 discipline
31. mǒu 某 certain; some
32. lǐ jiě 理解 understand
33. gōu 溝（沟）ditch; channel　gōu tōng 溝通 connect
34. liàn 戀（恋）love　liàn ài 戀愛 in love
35. zhī jiān 之間 between; among
36. gǎn qíng 感情 emotion; feeling
37. jiē 階（阶）steps; rank
    jiē duàn 階段 stage; phase; period
38. yǔ 予 give; grant
    jǐ yǔ 給予 give
39. huái 懷（怀）chest; mind; think of
    guān huái 關懷 show loving care for
40. shùn lì 順利 smoothly; successfully
41. shí qī 時期 period; stage
42. jī jí 積極 positive; active
43. xiàng shàng 向上 upward; improve
44. duì dài 對待 treat; handle

51

根據課文回答下列問題：

1. 這篇課文主要談什麼人的煩惱？
2. 什麼原因可能會使有些青少年考試成績不理想？
3. 什麼原因使得有些青少年不能處理好與朋友的關係？
4. 那些比較害羞和自卑的青少年在交友上會遇到哪些困難？
5. 什麼性格的青少年會很難與人相處？
6. 在跟家人的關係上，青少年一般會抱怨什麼？
7. 過早談戀愛會給有些青少年帶來什麼煩惱？
8. 青少年應該以什麼樣的態度來對待煩惱？

1 CD2 T2 填充

1. _____給知心姐姐寫信抱怨身體超重。
2. 身體過胖的人要少吃肉，多吃 _____、豆製品、_____等。
3. 零食不能吃得太多，特別是巧克力、_____、_____等。
4. _____也要少喝，要多喝水。
5. 每天要堅持做_____的體育運動，例如_____、_____、_____等。
6. 要經常秤一下自己的_____。

2 討論

1. 什麼是愛情？
2. 你心目中的男朋友/女朋友是怎樣的？
3. 熱戀中的人跟以前的他/她有什麼區別？
4. 第一次約會人們一般會談些什麼話題？
5. 戀人們一般去哪兒約會？
6. 失戀的人一般會有哪些變化？
7. 應該怎樣正確對待"失戀"？

參考詞語：			
純潔	付出	體貼	恨　帥
漂亮	英俊	瀟灑	幽默
苦惱	人品	吃醋	浪漫
打扮	撒嬌	心情	勇敢
堅強	尋短見	無條件	
悶悶不樂	愁眉苦臉		
面對現實	尋求幫助		
找回自信	沒心思學習/工作		

3 討論

學生的煩惱：

- 父母管得太嚴，自己不能作決定。
- 父母經常出差或者晚上很晚回家。
- 父母總是拿我跟別人相比。
- 父母對學習成績的要求過高。
- 父母不順心時經常向子女發火。
- 父母總覺得他們所做的一切都是爲了子女好。
- 父母從來都不接受子女的建議。
- 父母總是說話不算數。
- 父母從來都不以身作則。

例子：

學生1：我有同感，我父母就是這樣的。

學生2：我父母比較通情達理，他們會事先聽取我的意見。

學生3：我父母從來都不管我，什麼決定都由我自己作。

學生4：我父母一般大事過問，小事不管。

詩歌欣賞

相 思

王維

紅豆生南國，
春來發幾枝。
願君多採擷，
此物最相思。

xié

53

4 討論

學生談戀愛

好　處	壞　處
● 在學習上可以互相幫助	● 只顧談戀愛而忘了學習
● 可以跟對方說說心裏話	● 為了贏得對方的歡心而花錢大手大腳
●	●
●	●
●	●
●	●
●	●
●	

5 討論

1. 最酷的男歌手＿＿＿＿＿＿
2. 最酷的女歌手＿＿＿＿＿＿
3. 最酷的男歌手組合＿＿＿＿＿＿
4. 最酷的女歌手組合＿＿＿＿＿＿
5. 最酷的男運動員＿＿＿＿＿＿
6. 最酷的女運動員＿＿＿＿＿＿
7. 最酷的男演員＿＿＿＿＿＿
8. 最酷的女演員＿＿＿＿＿＿
9. 最酷的男播音員＿＿＿＿＿＿
10. 最酷的女播音員＿＿＿＿＿＿
11. 最酷的愛情電影＿＿＿＿＿＿
12. 最酷的動作片＿＿＿＿＿＿
13. 最酷的音樂劇＿＿＿＿＿＿
14. 最酷的卡通片＿＿＿＿＿＿
15. 最酷的電視連續劇＿＿＿＿＿＿
16. 最酷的模特兒＿＿＿＿＿＿
17. 最酷的藝術家＿＿＿＿＿＿
18. 最酷的國家首腦＿＿＿＿＿＿
19. 最酷的電腦遊戲＿＿＿＿＿＿
20. 最酷的休閒活動＿＿＿＿＿＿
21. 最酷的職業＿＿＿＿＿＿
22. 最酷的老師＿＿＿＿＿＿
23. 最酷的城市＿＿＿＿＿＿
24. 最酷的雜誌＿＿＿＿＿＿

6 談談你的看法，並舉一個例子

在單親家庭中成長

有人説父母離婚，對孩子也會有正面的影響。如果家長引導得好，在單親家庭中成長的孩子可以比同齡人更成熟，自律，有責任心，自理能力更強，知道爲別人着想，善解人意等等。你同意嗎？請發表你的看法。

我不同意。……

例子：

我同意。他們可能會比其他孩子更成熟，因爲他們要較早地面對一些問題。父親或母親可能爲了養家而整天忙於工作，在家的時間可能較少，管孩子的時間也很少，再加上有時心情不好，使得孩子慢慢養成了獨立的性格。我認識一個同學，他三歲時父母離婚了。……

7 回答下列問題

1. 對於自卑和害羞的人，你會説什麼？

2. 對於因考試成績差而感到苦惱的人，你會説什麼？

3. 對於那些驕傲自大的人，你會説什麼？

4. 對於那些妒嫉心強的人，你會説什麼？

5. 對於那些斤斤計較、很自私的人，你會説什麼？

6. 對於那些過早談戀愛的人，你會給予什麼忠告？

7. 你父母對你管教非常嚴，什麼都要管，你會對他們説什麼？

8. 對於那些不聞不問、一點兒也不關心你的家長，你會對他們説什麼？

9. 對於那些欺負低年級學生的人，你會説什麼？

10. 對於那些懶惰的學生，你會説什麼？

參考詞語：

膽子　笑話　預習　複習　優點　缺點　尊重　心態　成熟

穩定　分心　溝通　了解　想法　自由　細心　教訓　處理

相處　理解　感情　不用怕　不懂就問　身心健康

替別人着想　以學習爲重　合理安排時間　朋友之間的友情

8 CD2 T3 回答下列問題

(一)	(二)
1 父母離婚後，他跟誰生活在一起？	1.他爲什麼轉學？
2.以前父親支付他哪些費用？	2.他有什麼煩惱？
3.以下哪幾句話正確？	3.以下哪幾句話正確？
☐a) 父親和母親在同一個城市工作。	☐a) 他比較驕傲、自大。
☐b) 他一年前見過母親。	☐b) 他是個害羞和自卑的人。
☐c) 他跟父親通過電郵聯繫。	☐c) 他因爲學習好而被同學妒嫉。
☐d) 近來他的學習成績越來越差。	☐d) 有一次，他把欺負他的同學的書包藏起來了。

9 根據你自己的情況回答下列問題

1.你有沒有自卑過？爲什麼事情而感到自卑？

2.你有沒有被人欺負過？如果有的話，能説一説嗎？

3.你身邊有沒有驕傲自大的人？你怎樣跟他們交往？

4.你看到過哪些自私的行爲？

5.你妒嫉過別人嗎？你爲了什麼事情而妒嫉？

6.你最近學習壓力大嗎？有哪些壓力？

7.你跟父母能够很好地溝通嗎？舉個例子。

8.你經常抱怨嗎？抱怨什麼？

9.你情緒不好的時候通常會做什麼？

閱讀（七） 秦始皇

CD2 T4

秦始皇是第一個統一中國的人。他出生於公元前259年，13歲繼承王位，22歲開始親自執政。他用了整整十年時間先後滅掉了周圍六個小國，於公元前221年統一了中國，建立了中國歷史上第一個王朝——秦朝。因爲他是第一個皇帝，所以後人稱他爲秦始皇。

爲了把皇帝的權力集中在他一個人手裏，秦始皇在執政期間建立了一套以皇帝爲中心的制度。他以秦國文字爲基礎，在全國推行標準文字，還統一了貨幣和度量衡。秦始皇在全國各地修建了幾條大道，這樣全國的交通很快就發達起來了。他動用了三十多萬人，花了十年時間把先前保留下來的長城連接了起來。

秦始皇同時也是個暴君。爲了控制人們的思想，他叫人燒掉了很多古書，活埋了不少文人，還壓制不同的政見，從而影響了文化的正常發展。秦始皇過着豪華的生活，他在全國各地建造了700處行宮。他還動用成千上萬的民工爲自己建造一座墳墓，至今尚未被打開。

生詞：

1 tǒng yī 統一 unite	**13** biāo zhǔn 標準 standard	**24** huó mái 活埋 bury alive
2 chéng 承 continue　jì chéng 繼承 inherit	héng 衡 weigh; measure	**25** wén rén 文人 man of letters; scholar
3 wáng wèi 王位 throne	dù liàng héng 度量衡 weights and measures	**26** yā zhì 壓制 suppress
4 zhí zhèng 執政 be in power	**14** xiū jiàn 修建 build; construct	**27** zhèng jiàn 政見 political view
5 jiàn lì 建立 set up; establish	**15** dà dào 大道 main road	**28** zhèng cháng 正常 normal; usual
6 wáng cháo 王朝 dynasty	**16** fā dá 發達 developed; flourishing	**29** zhǎn 展 stretch; exhibition
7 quán 權（权）power; right	**17** dòng yòng 動用 employ; use	fā zhǎn 發展 develop; expand
quán lì 權力 power	**18** xiān qián 先前 in the past; previously	**30** háo 豪 rich and powerful　háo huá 豪華 luxurious
8 jí zhōng 集中 concentrate; centralize	**19** bǎo liú 保留 retain; reserve	**31** jiàn zào 建造 build; construct
9 qī jiān 期間 time; period	**20** lián jiē 連接 join; link	**32** xíng gōng 行宮 imperial palace
10 zhì dù 制度 rules; system	**21** bào 暴 cruel	**33** chéng qiān shàng wàn 成千上萬 tens of thousands
11 tuī xíng 推行 carry out; pursue	**22** jūn 君 monarch　bào jūn 暴君 tyrant	**34** mín gōng 民工 labourer
12 biāo 標（标）mark; standard	**23** kòng 控 control　kòng zhì 控制 control	**35** zhì jīn 至今 up to now

第八課　不良言行與犯罪

CD2 T5

現代社會物質高度發達。有些青少年由於經受不住物質的引誘，在學校偷同學的錢包、手機，更有人去商店裏偷東西。如果這些人得不到及時的教育，他們的行為得不到及時的制止，他們日後很有可能走上犯罪的道路，甚至坐牢，受到應有的懲罰。

青少年思想比較天真、幼稚，喜歡冒險，對一些事情容易作出錯誤的判斷。有些青少年由於交錯了朋友，受朋友的不良影響，講粗話、罵人、欺負弱小同學、逃課、抽烟、喝酒，甚至吸毒，嚴重違反校規。還有一些人沒有駕駛執照便開車，這不僅會危害他們自己的性命，而且會對他人造成傷害。

當今媒體十分發達，青少年很容易從電視、電影、報刊和網絡中接觸到暴力、兇殺、色情等不健康的內容，這也會給他們帶來不良的影響。

青少年處世不深、社會經驗不足，有些事情應聽從老師、家長或朋友的勸告，不要一時衝動，做一些不該做的事，不然後悔就來不及了。

生詞：

1. yán xíng 言行 words and deeds
2. fàn 犯 violate; commit
3. zuì 罪 guilt; offence; crime
   fàn zuì 犯罪 commit a crime or an offence
4. gāo dù 高度 highly; height
5. jīng shòu 經受 undergo
6. yòu 誘（诱） induce; lure　yǐn yòu 引誘 lead astray
7. xíng wéi 行為 behaviour; conduct
8. zhì zhǐ 制止 ban; prevent
9. rì 日後 in the future
10. dào lù 道路 road; way; passage
11. láo 牢 prison; firm　zuò láo 坐牢 be in jail
12. yīng yǒu 應有 deserved; proper
13. chéng 懲（惩） punish
14. fá 罰（罚） punish; fine　chéng fá 懲罰 punish
15. tiān zhēn 天真 innocent; naive
16. yòu 幼 young; children
17. zhì 稚 young; childish　yòu zhì 幼稚 young; immature
18. mào 冒 risk; emit
19. xiǎn 險（险） dangerous; risk　mào xiǎn 冒險 venture
20. wù 誤（误） mistake; error　cuò wù 錯誤 mistake; wrong
21. pàn 判 judge; sentence　pàn duàn 判斷 judge
22. cū 粗 wide; rough; rude　cū huà 粗話 vulgar language
23. mà 罵（骂） abuse; curse
24. ruò 弱 weak; frail

25. táo kè 逃課 play truant
26. chōu 抽 draw
27. yān 烟 smoke; cigarette　chōu yān 抽烟 smoke
28. dú 毒 poison; drugs　xī dú 吸毒 drug taking
29. wéi 違（违） disobey; violate　wéi fǎn 違反 violate
30. guī 規（规） rule; regulation　xiào guī 校規 school rules
31. jià 駕（驾） drive
32. shǐ 駛（驶） drive　jià shǐ 駕駛 drive; pilot
33. zhí zhào 執照 licence; permit
    jià shǐ zhí zhào 駕駛執照 driving licence
34. wēi 危 danger; hazard　wēi hài 危害 harm
35. zào chéng 造成 cause
36. shāng hài 傷害 injure; harm
37. dāng jīn 當今 now; at present
38. chù 觸（触） touch; contact
    jiē chù 接觸 come into contact with
39. bào lì 暴力 violence; force
40. xiōng 兇 unlucky; fierce
    xiōng shā 兇殺 homicide; murder
41. sè qíng 色情 pornographic
42. chǔ shì 處世 conduct oneself in society
43. jīng yàn 經驗 experience
44. quàn 勸（劝） advise; try to persuade　quàn gào 勸告 advise
45. chōng dòng 衝動 impulse
46. huǐ 悔 regret　hòu huǐ 後悔 regret
47. lái bu jí 來不及 it's too late (to do sth.)

59

根據課文回答下列問題:

1. 青少年往往有哪些特點?

2. 有些青少年爲什麼會走上犯罪道路?

3. 有些青少年會違反哪些校規?

4. 講粗話算不算犯法?

5. 無照駕駛的後果會是怎樣的?

6. 青少年會從哪兒接觸到暴力、色情等不健康的内容?

7. 如果學校和家長不及時制止青少年的小偷小摸行爲，後果會是怎樣的?

8. 在教育青少年問題上，老師和家長能起什麼作用?

9. 犯法的人會得到什麼懲罰?

1 根據實際情況回答下列問題

不良現象:

- 罵人　　　　　- 偷東西
- 喝酒　　　　　- 講粗話
- 吸毒　　　　　- 賣毒品
- 逃課　　　　　- 抽烟
- 欺負弱小同學　- 無照駕車

1. 你們學校有没有這些壞現象? 如果有這些現象存在，是否嚴重?

2. 校規是怎樣針對這些現象的?

3. 你的同學／朋友中有没有人做過違反校規的事? 如果做過，他們得到了怎樣的懲罰?

例子:

我們學校裏有人偷東西。他們在別的同學上體育課時去更衣室裏偷手機、錢包，或在操場上從同學的書包裏把值錢的東西偷走。校方發現後，罰這些學生留校察看，有的則被開除。校方還警告説，如下次再犯，會通知警察局來處理。

2 CD2 T6 填充

1. 案發時間	
2. 案發地點	
3. 丟失的財物	
4. 小偷人數	
5. 小偷的年齡	
6. 小偷的穿着	
7. 小偷手裏的兇器	

3 小組討論

情景：幾個朋友勸你一起逃學一天，去玩遊戲機。

去，有什麼好處？	去，有什麼壞處？
• • • • •	• • • • •
不去，有什麼好處？	不去，有什麼壞處？
• • • • •	• • • • •

判斷步驟：

1. 先仔細地想一想這個問題。

2. 有沒有其他選擇？

3. 如果去，結果會怎麼樣？如果不去，結果會怎麼樣？

4. 挑選一個最好的選擇，作出決定。

小組決定：

詩歌欣賞

涼州詞

王 翰

葡萄美酒夜光杯，
欲飲琵琶馬上催。
醉臥沙場君莫笑，
古來征戰幾人回。

61

如果你是校長，你會怎樣處置這樣的學生？

	開除	任其發展	停課	報告班主任	通知家長	放學後留下來
1.不尊敬老師，其至當着同學的面頂撞老師。						
2.在校外喝酒、抽烟。						
3.在校外吸毒。						
4.每星期至少遲到　次。學校多次警告都不聽。						
5.經常不做作業，上課也不專心聽講。						
6.經常跟同學吵架，與同學的關係很緊張。						
7.偷其他同學的東西，已經被當場抓住兩次了。						
8.學習成績不好，考試經常不及格。						
9.特別喜歡看小說，走到哪兒看到哪兒，上課不聽講。						
10.很害羞，上課從來都不發言。						
11.妒嫉心特別強，凡事都想壓過別人，在學校裏沒有朋友。						
12.很自卑，情緒低落，做任何事都非常小心。						
13.穿奇裝異服，頭髮染成奇怪的顏色來學校上課。						
14.經常抱怨老師教得不好，好像學校裏沒有一個好老師。						

5 討論

1. 交朋友應該注意什麼？俗話說"近朱者赤，近墨者黑"，意思是說接近好人會使人變好，接近壞人會使人變壞。你同意這種說法嗎？
2. 你交朋友的準則是什麼？
3. 你的哪些好習慣或壞習慣是受朋友影響的？

6 CD2 T7 回答下列問題

（一）	（二）
1. 四名搶劫犯的動機是什麼？	1. 吳肖冰第一次是通過誰接觸到毒品的？
2. 他們是怎麼認識的？	2. 他買毒品的錢是從哪裏來的？
3. 以下哪幾句話正確？	3. 以下哪幾句話正確？
□a) 這四名搶劫犯分別是十歲、十一歲、十二歲和十五歲。	□a) 他因毒癮太重，曾兩次想過自殺。
□b) 網吧老闆沒讓他們進去是因爲他們沒有錢。	□b) 他父母曾把他趕出家門。
□c) 他們打傷了三個學生。	□c) 他在戒毒中心呆了不到一年的時間。
□d) 他們當場被警察抓獲。	□d) 吳肖冰説吸毒只會增加煩惱。

7 根據你自己的情況回答下列問題

1. 如果得知你的好朋友吸毒，你會怎樣勸他？
2. 看見小偷在公共汽車上偷乘客的錢包，你怎麼辦？
3. 看見你的同班同學在廁所裏抽烟，你會對他説什麼？
4. 在舞會上看見有人賣毒品，你怎麼辦？
5. 你發現你的朋友在賣翻版 CD，你會怎樣勸他？
6. 看見有人在學校的操場上欺負弱小同學，你會怎樣制止這種行爲？
7. 看見一群同學在打架，你會怎樣制止他們？
8. 如果你的同學或朋友逃課、逃學，你會怎樣勸告他們？

8 討論

例子：

> 判斷步驟：
> - 提問題
> - 收集有關信息並分析
> - 作出決定

提問題：

1. 這種藥的價錢怎麼樣？
2. 這種藥要吃多久才有效果？
3. 這種藥對身體是否有副作用？
4. 廣告中的人的體型是否經過電腦處理？
5. 這種藥是否會傷害身體？
6. 這種藥是否得到有關部門的許可？

分析信息：

這則廣告想告訴我們：

1. 這種減肥藥很有效。
2. 她瘦了更好看。
3. 減肥並不難。

根據有關信息得知：

1. 長期服用此藥會引起疾病，使人的體質受到傷害，還會影響智力和身體的發育。
2. 停止服用後會變得更胖。

決定：

我不會吃這種藥來減肥。

該你了！

選其中一個廣告題材，然後作出判斷。

－ 首飾
－ 運動器材
－ 化妝品
－ 飲料
－ 快餐
－ 服裝
－ 補品
－ 酒

閱讀 (八) 末代皇帝

CD2 T8

　　溥儀是中國歷史上的最後一個皇帝, 因此也被叫作末代皇帝。1908 年, 年僅三歲的溥儀在紫禁城內被皇太后慈禧立爲皇帝。三年後, 辛亥革命爆發, 清朝統治結束, 溥儀被迫退位, 但可以留在紫禁城裏繼續享受皇帝般的生活。在那段時間裏, 有一位蘇格蘭籍的家庭教師在宮庭裏教溥儀讀書。實際上, 溥儀幾乎成了紫禁城裏的一名"囚犯"。溥儀長大後娶了一位皇后和一位妃子。1924 年, 18 歲的溥儀被趕出紫禁城, 到天津投靠了日本人。1931 年, 日本佔領了東三省, 讓溥儀做了"滿洲國"的皇帝。但像在紫禁城裏一樣, 溥儀沒有任何權力。第二次世界大戰結束後, 溥儀被前蘇聯軍隊抓獲, 後來被送進東北的監獄接受改造。他 1959 年出獄, 後來在北京植物園工作。1967 年, 正當文化大革命開始之際, 溥儀病故, 走完了他不尋常的一生。

生詞：

1. **皇太后** huáng tài hòu　empress dowager
2. **亥** hài　last of the 12 Earthly Branches
   辛亥革命 xīn hài gé mìng　Revolution of 1911 (led by Dr. Sun Yat-sen, which overthrew the Qing Dynasty)
3. **爆** bào　explode
   爆發 bào fā　erupt; break out
4. **統治** tǒng zhì　rule; dominate
5. **迫** pò　compel; force
   被迫 bèi pò　be forced
6. **退位** tuì wèi　abdicate
7. **家庭教師** jiā tíng jiào shī　private teacher
8. **囚** qiú　imprison; prisoner
   囚犯 qiú fàn　prisoner
9. **娶** qǔ　marry (a woman)

10. **投** tóu　throw
    投靠 tóu kào　go and seek sb.'s patronage
11. **佔領** zhàn lǐng　capture; seize; occupy
12. **蘇 (苏)** sū　revive
    蘇聯 sū lián　Soviet Union
13. **抓獲** zhuā huò　catch; arrest
14. **監 (监)** jiān　supervise; prison
15. **獄 (狱)** yù　prison　**監獄** jiān yù　prison
16. **接受** jiē shòu　accept
17. **改造** gǎi zào　transform; reform
18. **植** zhí　plant　**植物** zhí wù　plant
    植物園 zhí wù yuán　botanical garden
19. **正當** zhèng dāng　just; when
20. **病故** bìng gù　die of illness

21. **尋 (寻)** xún　look for; seek
    尋常 xún cháng　ordinary; normal

專有名詞：

1. **溥儀** pǔ yí　the last emperor (1906-1967)
2. **慈禧** cí xǐ　Empress Dowager Cixi (1835-1908)
3. **蘇格蘭** sū gé lán　Scotland
4. **東三省** dōng sān shěng　Three Northeast Provinces
5. **滿洲國** mǎn zhōu guó　Manchukuo (1931-1945)
6. **第二次世界大戰** dì èr cì shì jiè dà zhàn　World War II (1939-1945)

第九課　升學與就業

　　對大部分青年人來說，孩提時代的夢想長大後不一定能實現。我就是一個例子。

　　我父親是大學教授，他是搞文學的，我母親是個油畫藝術家。從小父親就希望我能成為一個作家，而母親卻想讓我做一個職業畫家。我母親告訴我，在幼稚園時我起初想當消防員，後來長大一點兒了，又想當警察。上了小學後，我開始對繪畫感興趣，這完全是受母親的影響。由於母親從小培養我對藝術的欣賞能力，我的作品常常在市級畫展上展出。上初中時，我突然又對數學產生了濃厚的興趣，經常參加奧林匹克數學競賽。在一次市級數學競賽中還得了冠軍，因此我曾經決心長大後當一名數學家。

　　隨着環境和年齡的變化，上高中時我突然放棄了當藝術家和數學家的念頭，竟然愛上了醫學，特別是對人腦的研究。我訂了好幾種醫學雜誌，還買了一些關於人腦研究的書，開始研究起人腦來，我覺得這對我來說是一種新的挑戰。於是，我考慮在大學裏選讀醫學專業。

　　前年高中畢業，我同時申請了好幾所英國大學醫學院。最後我被英國牛津大學醫學院錄取。到目前為止，我覺得我的選擇是對的。

生詞：

1. **升** shēng — rise; promote
   升學 shēng xué — go to a school of a higher grade
2. **就業** jiù yè — find employment
3. **孩提** hái tí — early childhood
4. **夢想** mèng xiǎng — dream
5. **實現** shí xiàn — realize; achieve
6. **例子** lì zi — example; case
7. **授** shòu — award; teach　**教授** jiào shòu — professor
8. **搞** gǎo — do; make; set up
9. **文學** wén xué — literature
10. **藝（艺）** yì — skill; art
    藝術 yì shù — art; skill　**藝術家** yì shù jiā — artist
11. **作家** zuò jiā — writer
12. **職（职）** zhí — duty; post
    職業 zhí yè — occupation; profession
13. **幼稚園** yòu zhì yuán — kindergarten
14. **起初** qǐ chū — originally
15. **防** fáng — prevent; defend　**消防員** xiāo fáng yuán — fireman
16. **完全** wán quán — complete; whole
17. **培** péi — cultivate; foster　**培養** péi yǎng — foster; train
18. **欣** xīn — glad; happy　**欣賞** xīn shǎng — enjoy; admire
19. **能力** néng lì — ability
20. **作品** zuò pǐn — works (of art and literature)
21. **畫展** huà zhǎn — art exhibition
22. **展出** zhǎn chū — display; exhibit
23. **濃（浓）** nóng — thick; heavy; strong
24. **厚** hòu — thick; deep　**濃厚** nóng hòu — thick; strong; deep
25. **競（竞）** jìng — compete; contest
    競賽 jìng sai — competition; race
26. **冠** guàn — first place; champion
    冠軍 guàn jūn — champion; first-prize winner
27. **隨（随）** suí — follow　**隨着** suí zhe — along with; following
28. **棄（弃）** qì — throw away; abandon
    放棄 fàng qì — abandon; give up
29. **念頭** niàn tou — thought; idea
30. **竟** jìng — used to indicate unexpectedness or surprise
    竟然 jìng rán — used to indicate unexpectedness or surprise
31. **人腦** rén nǎo — human brain
32. **研** yán — study; research　**研究** yán jiū — study; research
33. **關於** guān yú — about; with regard to
34. **戰（战）** zhàn — war; fight
    挑戰 tiǎo zhàn — challenge to fight
35. **慮（虑）** lù — consider; worry　**考慮** kǎo lù — consider
36. **申** shēn — state; explain　**申請** shēn qǐng — apply for
37. **錄取** lù qǔ — recruit; admit
38. **目前** mù qián — present; current
39. **為止** wéi zhǐ — till; up to

專有名詞：

1. **奧林匹克** ào lín pǐ kè — Olympic
2. **牛津大學** niú jīn dà xué — Oxford University

根據課文回答下列問題：

1. 他父母是做什麼工作的？
2. 他小時候曾喜歡過什麼職業？
3. 他上中學時對哪個職業產生了興趣？
4. 他從什麼時候開始愛上了醫學？
5. 他為研究人腦做了哪些準備？
6. 他目前在哪所大學就讀？

1 CD2 T10 回答下列問題

1. 他是什麼時候中學畢業的？

2. 他畢業後做了什麼？

3. 他會說哪幾種語言？

4. 他想找的工作可以用上他的什麼專長？

5. 他想做全時工還是半時工？

6. 他明年九月份要去做什麼？

7. 這份工作每天要幹幾個小時？中午休息時間有多長？

8. 他從哪天開始上班？

2 討論

到國外去留學

好 處	壞 處
● 見識不同民族的文化，增廣見聞	● 病了沒人照顧
●	●
●	●
●	●
●	●

參考詞語：

擴大　結交　培養　能力　考驗　自律　賺錢　判斷
約束　獨立　花費　想家　孤獨　決定　自食其力

68

3 模仿例子編對話

（一）

A: 喂！你好！

B: 我叫丁勝。你們公司是不是要招一個秘書？

A: 是啊！

B: 這是一份短期工嗎？到八月底就完了，是嗎？

A: 是的。你有興趣嗎？

B: 有興趣，我想申請。我以前在一間律師事務所做過兩個月的秘書，有這方面的經驗。我會打字，會用電腦，我的中、英文都很好。

A: 這樣吧！你可以先把申請信及簡歷寄來。下個星期五之前我們會決定是否通知你來面試。

B: 那太好了。謝謝！

（二）

A: 我不想修讀中國文學了。

B: 爲什麼？

A: 我覺得中國文學很難，而且將來畢業後可能很難找到工作。

B: 你喜歡中國文學嗎？

A: 我喜歡，但是我沒有想到會那麼難。我當初要是聽我爸爸的勸告就不會選中國文學了。

B: 那麼你想轉哪個專業？

A: 我想學商科。這種專業比較實用，將來容易找工作。

B: 你的想法是對的，但是你喜歡學商科嗎？

A: 我自己也弄不清，讀着看吧！

該你了！

1. 假設你申請去麥當勞打工，編一段你跟麥當勞經理的對話。

2. 編一段對話，談一談你是怎樣選擇高中或大學課程的。

4 討論

如果選擇以下這些職業，你覺得應該選讀哪些課程？

職　業	課　程					
1. 會計師	會計	數學	電腦	經濟	商科	英語
2. 律師						
3. 獸醫						
4. 記者						
5. 建築師						
6. 酒店經理						
7. 室內設計師						
8. 電影演員						
9. 畫家						
10. 兒童文學作家						

課　程：

經濟　商科　體育　英語　中文　電腦　美術　物理　管理
化學　生物　地理　歷史　設計　家政　戲劇　法律　會計
心理學　宗教與哲學

5 討論，然後做一個口頭報告

1. 你認為學生應該有家庭作業嗎？學生應該有考試嗎？

2. 中學階段各科應該分流、分班嗎？

3. 學校考試應該排名次嗎？學生之間有競爭，好嗎？

4. 學生應該怎樣面對考試？應該怎樣看待考試成績？

5. 中、小學生應該穿校服嗎？穿校服有什麼好處和壞處？

6. 男、女生應該同校還是分校？在學校住宿有什麼優點和缺點？

7. 你覺得高中考試成績會影響一個人的前途嗎？影響到什麼程度？

8. 你要進世界一流大學，就得先進一所名牌中學。這種想法對嗎？為什麼？

6 CD2 T11 回答下列問題

<table>
<tr><td>（一）</td><td>（二）</td></tr>
<tr><td>1. 秘書要做哪些工作？（至少列舉四種）</td><td>1. 他什麼時候去他爸爸的牙醫診所工作了？</td></tr>
</table>

（一）

1. 秘書要做哪些工作？（至少列舉四種）

2. 他覺得做秘書這種工作怎麼樣？

3. 以下哪幾句話正確？

☐ a) 他去了一間貿易公司做律師。

☐ b) 他每天工作七個小時。

☐ c) 他很喜歡秘書這份工作，以至於決定今後也做秘書。

☐ d) 在一周的"校外活動周"裏，他學到了很多在課堂上學不到的東西。

（二）

1. 他什麼時候去他爸爸的牙醫診所工作了？

2. 經過一星期的工作，他有什麼收穫？

3. 以下哪幾句話正確？

☐ a) 他爸爸是個外科醫生。

☐ b) 他爸爸的工作非常忙，經常要同時照顧三個病人。

☐ c) 他自己是個膽小鬼。

☐ d) 他也能爲病人洗牙、補牙。

7 做一個口頭報告

你最有可能從事以下哪三個行業？爲什麼？分析你自身的條件，包括性格、專業、特長、興趣等，看看你是否適合這些工作。

> **行　業：**
>
> 1. 廣告　　　　　10. 醫療保健
> 2. 市場推廣　　　11. 地產
> 3. 公共關係　　　12. 製造
> 4. 金融　　　　　13. 教育
> 5. 出版　　　　　14. 法律
> 6. 消防　　　　　15. 會計
> 7. 餐飲　　　　　16. 貿易
> 8. 媒體（記者、播音員）　17. 旅遊
> 9. 政府機關（公務員）　　18. 外交

8 採訪你父親或母親。你一定要問以下這些問題，然後做一個口頭報告

1. 你的第一份工作做什麼(包括全時和非全時工作)？你那時多大年紀？
2. 你讀過大學嗎？在大學裏主修什麼？
3. 你做第一份工作時,在學校裏學的東西用得上嗎？還缺什麼知識或技能？
4. 你現在做的這份工作是怎樣找到的？
5. 你現在的這份工作做了幾年了？你幹得怎麼樣？有什麼需要改進的？
6. 你喜歡目前的這份工作嗎？喜歡哪些方面？不喜歡哪些方面？
7. 你當初選擇目前的這份工作時都考慮了哪些因素？
8. 在工作中，你遇到過哪些挑戰？你是怎樣應付這些挑戰的？
9. 你覺得學校的正規教育對你的工作有哪些幫助？

該你了！

採訪一個人，比如你的校長，你會問什麼問題？請寫出至少十個問題。

9 根據你自己的情況回答下列問題

1. 你理想的職業是什麼？你會不會繼承你父親或母親的職業？
2. 你父母從小對你在哪些方面進行過培養？
3. 你參加過哪些競賽或比賽？得過什麼樣的名次 (冠軍/亞軍/季軍) ？
4. 你小時候有什麼理想？
5. 你喜歡挑戰你自己嗎？在哪些方面？
6. 在你的成長過程中，隨着年齡和環境的變化，你對職業的選擇發生過哪些變化？
7. 你申請大學時，主要會考慮哪些因素？

詩歌欣賞

登鸛雀樓
王之渙

白日依山盡，
黃河入海流。
欲窮千里目，
更上一層樓。

閱讀（九） 孫中山

CD2 T12

　　孫中山是中國近代史上的一位偉人。他於1866年11月12日出生在廣東省中山市香山縣的一個貧窮的農民家庭。13歲時，他去美國夏威夷接受教育，後來又在香港讀書。孫中山幼年時正值太平天國時期。等他大一點後，他覺得當時的清朝政府腐敗、無能，所以決定為改造國家出一份力。1892年，27歲的孫中山以優異的成績從香港的一所西醫學院畢業，之後便在澳門、廣州一帶以行醫為名，和一些愛國青年從事革命活動。經過多年的努力，1911年10月10日，孫中山領導的革命黨人發動了武昌起義，並得到了全國的支持，很快便成立了中華民國，他自己亦當選為臨時大總統。那年剛好是辛亥年，因此這次革命在中國歷史上又叫"辛亥革命"。辛亥革命推翻了中國的最後一個封建王朝——清朝，為中國歷史翻開了新的一頁。直至1925年他病逝，孫中山都在為改造中國而奮鬥。

生詞：

1. jìn dài shǐ 近代史 modern history (mid-1800's to 1919)
2. xiàn 縣（县）county
3. pín 貧（贫）poor
4. qióng 窮（穷）poor　pín qióng 貧窮 poor
5. zhí 值 happen to ; value
6. dāng shí 當時 then; at that time
7. bài 敗（败）lose; fail　fǔ bài 腐敗 corrupt
8. gǎi zào 改造 transform; reform
9. yōu yì 優異 excellent; superb
10. xíng yī 行醫 practise medicine
11. jīng guò 經過 pass; after
12. cóng shì 從事 be engaged in
13. lǐng dǎo 領導 lead; leader
14. dǎng 黨（党）political party　dǎng rén 黨人 member of a political party
15. fā dòng 發動 start
16. qǐ yì 起義 uprising
17. chéng lì 成立 establish
18. yì 亦 as well as ; also
19. dāng xuǎn 當選 be elected
20. lín 臨（临）be close to; about　lín shí 臨時 temporary
21. zǒng tǒng 總統 president
22. tuī fān 推翻 overthrow
23. fēng jiàn 封建 feudal; feudalism
24. zhí zhì 直至 until
25. shì 逝 die; pass　bìng shì 病逝 die of illness
26. fèn dòu 奮鬥 fight; struggle

專有名詞：

1. guǎng dōng shěng 廣東省 Guangdong Province
2. xiāng shān xiàn 香山縣 Xiangshan County
3. xià wēi yí 夏威夷 Hawaii
4. tài píng tiān guó 太平天國 Taiping Heavenly Kingdom (1851-1866)
5. guǎng zhōu 廣州 Guangzhou
6. wǔ chāng qǐ yì 武昌起義 Wuchang Uprising (October 10, 1911)
7. zhōng huá mín guó 中華民國 Republic of China (1912-1949)

73

第四單元　未來世界

第十課　環境污染

　　隨着工業的不斷發展，人類一方面創造着文明，另一方面也以驚人的速度破壞着大自然的生態平衡。環境污染已經成為各國政府及社會倍受關注的問題。

　　我們面臨的環境污染可以分為大氣污染、水污染、垃圾污染、噪音污染等等。大氣污染主要是由工廠、機動車輛排出的廢烟、廢氣而造成的。這些廢氣嚴重破壞了"地球的保護傘"——臭氧層，以至產生"温室效應"，使地球氣温不斷上升。

　　水污染主要是由生活廢水、工廠排出的廢水、農田裏使用的化肥及農藥而造成的。

　　現在物質生活條件好了，人就變得越來越浪費了，再加上回收習慣和技術還不普及，每天從工業、商業和日常生活中丟棄的垃圾數量驚人，因而造成了垃圾污染。

　　工廠、建築工地和交通工具產生的噪音也使我們的生活環境失去了以往的寧靜。人類亂砍濫伐森林樹木，造成水土流失，使得很多動、植物瀕臨絕種，自然災害頻頻發生。

　　由此可見，保護地球是我們每個人的責任。我們應該趕快行動起來，採取有效的措施來保護人類共同的家園。

74

生詞：

1. 污 wū dirt; dirty
2. 染 rǎn dye; catch 污染 wū rǎn pollution; pollute
3. 工業 gōng yè industry
4. 一方面……另一方面…… yì fāng miàn...lìng yì fāng miàn... on the one hand..., on the other hand...
5. 創造 chuàng zào create
6. 驚人 jīng rén amazing; surprising
7. 速 sù fast; speed 速度 sù dù speed
8. 破 pò broken; destroy 破壞 pò huài destroy
9. 大自然 dà zì rán Mother Nature
10. 生態 shēng tài ecology
11. 平衡 píng héng balance
12. 倍 bèi doubles; times
13. 關注 guān zhù pay close attention to
14. 面臨 miàn lín face; confront
15. 噪 zào make an uproar 噪音 zào yīn noise
16. 機動 jī dòng motor-driven
17. 車輛 chē liàng vehicle 機動車輛 jī dòng chē liàng motor vehicle
18. 廢（废）fèi abolish; waste 廢水 fèi shuǐ waste water
19. 保護 bǎo hù protect
20. 傘（伞）sǎn umbrella 保護傘 bǎo hù sǎn shield
21. 臭 chòu smelly; foul
22. 氧 yǎng oxygen 臭氧 chòu yǎng ozone 臭氧層 chòu yǎng céng ozone layer
23. 以至 yǐ zhì so... that...
24. 溫室效應 wēn shì xiào yìng green house effect
25. 肥 féi fat; fertilizer 化肥 huà féi chemical fertilizer
26. 農藥 nóng yào pesticide
27. 條件 tiáo jiàn condition; state
28. 浪 làng wave; unrestrained 浪費 làng fèi waste
29. 回收 huí shōu recycle
30. 技術 jì shù technology
31. 商業 shāng yè commerce; trade
32. 丟棄 diū qì abandon; discard
33. 數量 shù liàng quantity; amount
34. 建築工地 jiàn zhù gōng dì construction site
35. 工具 gōng jù tool; means
36. 交通工具 jiāo tōng gōng jù means of transport
37. 失去 shī qù lose
38. 以往 yǐ wǎng in the past
39. 寧（宁）níng peaceful 寧靜 níng jìng peaceful
40. 亂（乱）luàn in a mess
41. 砍 kǎn chop
42. 濫（滥）làn excessive
43. 伐 fá cut down 亂砍濫伐 luàn kǎn làn fá cutting trees at random
44. 水土流失 shuǐ tǔ liú shī soil erosion
45. 瀕（濒）bīn on the brink of 瀕臨 bīn lín on the verge of
46. 絕（绝）jué exhausted 絕種 jué zhǒng become extinct
47. 災（灾）zāi disaster 災害 zāi hài disaster
48. 頻頻 pín pín repeatedly
49. 由此可見 yóu cǐ kě jiàn it is thus clear that
50. 責（责）zé duty; blame 責任 zé rèn duty; responsibility
51. 採（采）cǎi adopt; pick 採取 cǎi qǔ adopt; take
52. 有效 yǒu xiào effective
53. 措 cuò arrange; make plans 措施 cuò shī measure
54. 共同 gòng tóng common
55. 家園 jiā yuán home

1. 人類在創造文明的同時給地球帶來了什麼負面的影響？

2. 大氣污染是怎樣造成的？它對氣溫有什麼影響？

3. 水污染僅僅是由工廠裏排出的廢水造成的嗎？

4. 垃圾污染指的是什麼？

5. 水土流失是怎樣造成的？

6. 如今自然災害比以前更頻繁了還是減少了？為什麼？

1 討論

路上的車比以前多了，交通堵塞的現象經常出現，環境污染的情況也更加嚴重了。我們應該採取什麼措施才能減少路上的車輛？

請想想辦法

• 公司應該安排一部分人在家工作，以減少路上的車輛。

•

•

•

參考詞語：

走路　上班　下班　商店　加稅　汽油　公路　價格　減少

產量　買新車　停車費　合用車　騎自行車　網上購物

送貨上門　駕駛執照　搭乘公共交通

2 CD2 T14 判斷正誤

☐ 1) 學校的小賣部還在用塑料飯盒。

☐ 2) 紙飯盒比塑料飯盒貴。

☐ 3) 小賣部賣飯時免費送塑料筷子及刀叉。

☐ 4) 一次性刀叉和筷子比較衛生、方便，但成本高。

☐ 5) 小賣部只回收瓶子和鋁罐。

☐ 6) 大多數學生有環保意識。

3 根據常識判斷正誤

人人都知道樹是寶。那麼，它究竟能為人類做什麼呢？

☐ 12) 為人類提供糧食 ——————

☐ 11) 為人類提供布料 ——————

☐ 10) 木漿可以造紙 ——————

☐ 9) 涵養水源 ——————

☐ 8) 為鳥類及其他動物提供繁衍場所

☐ 7) 開花結果 ——————

☐ 1) 增加土壤肥力

☐ 2) 提供木材

☐ 3) 淨化空氣

☐ 4) 產生氧氣

☐ 5) 人們可以在樹蔭下乘涼

☐ 6) 吸收有毒氣體，防止大氣污染

由此可見，樹的生態價值極高。我們要好好保護樹木。

4 根據實際情況回答下列問題

1. 你們國家經常有哪些自然災害發生？（火災、洪水、龍卷風、地震、蟲災、颱風、火山、旱災）

2. 假設有以上任何一種災害發生，你居住的地區會採取哪些措施？

3. 你從小到大經歷過哪些自然災害？給你留下印象最深的是哪一次？

4. 你居住的國家或地區在環保方面做得怎麼樣？採取了哪些措施？

5. 你有沒有參加過環保活動，例如植樹、清潔海灘等？

6. 你知道"厄爾尼諾"現象嗎？你居住的地區有沒有受到它的影響？受到什麼樣的影響？（夏天下冰雹、高溫天氣、沙塵暴）

環保：從我做起

你在環保、回收方面做得怎麼樣？還應該在哪些方面努力？

1. 你是不是把用過的玻璃瓶同垃圾一起扔掉？
2. 你通常把玻璃瓶扔進回收箱嗎？
3. 你是否會把用過的玻璃瓶洗乾淨後再用？

1. 你常買鋁罐飲料喝嗎？
2. 你把用過的鋁罐扔進回收箱嗎？
3. 你是否把鋁罐同垃圾一起扔掉？

1. 你是否把紙張兩面用過後再扔掉？
2. 你是否會把別人用過的還有一面空白的紙拿來用？
3. 你是否把舊報紙、雜誌、書籍同垃圾一起扔掉？
4. 你是否會一頁紙還沒有寫滿就換另一張白紙寫字？

1. 為了減少用塑料袋，你出去購物時是否會自備袋子？
2. 塑料袋用完後你是否會同垃圾一起扔掉？
3. 你是否會用塑料袋裝垃圾扔掉？

1. 你洗手時水龍頭會開得很大嗎？
2. 洗澡時你會洗很長時間嗎？
3. 你刷牙時是否讓水龍頭一直開着？
4. 洗碗時，你是否一邊洗碗一邊用水沖？

1. 你是否有隨手關燈的習慣？
2. 如果你最後一個離開房間，你是否會先關電扇、空調和燈，然後再離去？
3. 你一回到家，是否會把所有房間的燈都打開？
4. 你是否會盡量少用空調或暖氣？

在你的周圍有哪些環境污染的現象？

● 有些人在墙上塗鴉

●

●

●

●

●

●

詩歌 清明 杜牧 欣賞

清明時節雨紛紛，
路上行人欲斷魂。
借問酒家何處有，
牧童遙指杏花村。

參考詞語：

塗鴉	墙上	輪胎	排出	廢氣	廢烟	堆
亂扔	噪音	放射	材料	措施	污水	
空罐頭	市中心	空瓶子	機動車輛			

---

7 調查

你是否已經採取了這些環保措施？

□ 1) 用餐布而不用餐巾紙。

□ 2) 用密封盒而不用保鮮膜。

□ 3) 發電子卡而不寄賀卡。

□ 4) 洗碗時不用太多的洗潔劑。

□ 5) 多洗淋浴，少洗盆浴。

□ 6) 煮飯時多用炒、煮和蒸的方法，盡量少用烤箱。

□ 7) 外出時，少買包裝飲料，自備水壺。

□ 8) 汽車用不含鉛汽油。

□ 9) 盡量用再生紙。

□ 10) 盡量少用"一次性"用品。

□ 11) 外出時多搭乘公共交通，少駕車。

□ 12) 購物時自備袋子，不用塑料袋。

(一)

1. 人們爲什麼要用"一次性筷子"？

2. 中國出產的筷子還銷售到哪兒？

3. 以下哪幾句話正確？

□ a) 中國人用筷子的習慣由來已久。

□ b) 中國人喜歡用竹筷、木筷、銀筷和象牙筷。

□ c) 土地的沙化與中國人用筷子的習慣有關。

□ d) 水土流失不會令沙塵暴頻繁發生。

(二)

1. 地球上有哪些嚴重的污染？

2. 塑料給人類帶來什麼好處與壞處？

3. 以下哪幾句話正確？

□ a) "白色污染"也就是塑料造成的污染。

□ b) 塑料需要20年以上才能解體。

□ c) 扔進海裏的塑料不僅污染海水，魚吃下去還會致命。

□ d) 爲了減少"白色污染"，其中一個辦法就是多用塑料製品。

9 討論

怎樣保護瀕臨絕種的動物？我們應該採取什麼措施？

- 不吃與之有關的食品，例如魚翅、熊掌等
-
-
-
-
-

參考詞語：

偷獵	部門	報警
食品	有關	動物
部位	器官	物品
象牙	魚翅	皮毛
衣服	身體	熊掌
熊膽	藥品	
買	用	穿 吃

閱讀（十） 女媧補天

CD2 T16

　　傳說古代的時候，有一年天地間發生了一場大戰，是水神和火神之間的戰爭。在這場戰爭中水神大敗，他一生氣就撞斷了一根用來頂天的柱子。頓時，天上出現了一個大洞。由於這個洞的出現，每年一到春、秋季節就會暴雨成災，給人們帶來很多苦難。於是，心地善良的女媧決心要把天上的洞補起來。她四處尋找補天的五色石，然後用火爐把五色石煉成五色石汁。女媧補了多少年，誰也不知道。女媧補天，老天爺當然不高興，但是他答應女媧在補天的時候不下雨。女媧在補西北角時，五色石汁用盡了，只好用一些冰塊兒來代替。於是從那以後，從西北方向吹來的風往往帶來狂風暴雨，有時還夾雜着冰雹。

生詞：

1. zhàn zhēng 戰爭 war
2. zhuàng 撞 crash
3. dùn 頓（顿） pause; suddenly
   dùn shí 頓時 instantly
4. dòng 洞 hole; cave
5. bào yǔ 暴雨 rainstorm
6. chéng zāi 成災 cause disaster
7. kǔ nàn 苦難 suffering; misery
8. xún zhǎo 尋找 seek; pursue
9. lú 爐（炉） stove　huǒ lú 火爐 stove
10. liàn 煉（炼） refine; improve
11. bīng kuàir 冰塊兒 ice cube

12. dài tì 代替 replace
13. kuáng 狂 mad; violent
   kuáng fēng 狂風 fierce wind
   kuáng fēng bào yǔ 狂風暴雨 violent storm
14. jiā 夾（夹） mix; clip
   jiā zá 夾雜 be mixed up with
15. báo 雹 hail
   bīng báo 冰雹 hail

專有名詞：

1. nǚ wā 女媧 Chinese goddess who, according to legend, created human beings and patched up the sky
2. lǎo tiān yé 老天爺 God; Heaven; Good Heavens

第十一課　新科技

CD2 T17

人類社會已經進入二十一世紀，科技發展日新月異。相信在不久的將來，人類在信息技術、生命科技、能源開發、環境保護、生態平衡、宇宙探索等領域將會有更新的突破。

●**信息技術：**信息產業將是二十一世紀規模最大、也最具有活力的產業。電腦將會朝着智能化、超薄型、小體積、大容量的方向進一步發展。

●**生命科技：**人類基因序列圖已經完成，這會給醫療保健和農業領域帶來一次革命。一些現代疑難疾病，比如癌症、愛滋病、白血病等也有望得到醫治。

●**能源開發：**科學家預計高效和清潔的核能在技術上將取得新的突破。太陽能、風能、水能、地熱能等自然能量將得到進一步的充分利用。

●**生態平衡：**人類將更加普遍地、科學地控制人口的增長，更加重視人類的生存環境和生活素質，重視保護自然資源和生存空間。

●**宇宙探索：**人類將利用新的科技成果進一步探索地球和宇宙的奧秘，尋找和開發新的生存空間。

生詞：

1. jìn rù 進入 enter
2. rì xīn yuè yì 日新月異 change with each passing day
3. bù jiǔ 不久 before long
4. jiāng lái 將來 future
5. shēng mìng 生命 life
6. néng yuán 能源 energy resource
7. kāi fā 開發 develop; open up
8. tàn 探 explore
9. suǒ 索 search; demand tàn suǒ 探索 explore
10. lǐng yù 領域 territory; domain
11. tū pò 突破 break through
12. chǎn yè 產業 estate; industrial
13. guī mó 規模 scale; scope
14. jù yǒu 具有 possess; have
15. huó lì 活力 vigour; vitality
16. zhì néng 智能 intellect and ability
17. báo 薄 thin; weak chāo báo 超薄 ultra-thin
18. xíng 型 model; type
19. tǐ jī 體積 volume; size
20. róng liàng 容量 capacity
21. jī yīn 基因 gene
22. xù 序 order; sequence
23. liè 列 arrange; measure word
    xù liè 序列 order; sequence
24. liáo 療（疗）treat; cure yī liáo 醫療 medical treatment
25. bǎo jiàn 保健 health care

26. nóng yè 農業 agriculture
27. yí 疑 doubt yí nán 疑難 difficulty
28. jí 疾 disease jí bìng 疾病 disease
29. ái 癌 cancer
30. zhèng 症 disease ái zhèng 癌症 cancer
31. zī 滋 grow ài zī bìng 愛滋病 Aids
32. xuè 血 blood bái xuèbìng 白血病 leukaemia
33. yǒu wàng 有望 hopeful
34. yī zhì 醫治 cure
35. yù jì 預計 anticipate; estimate
36. gāo xiào 高效 highly effective
37. jié 潔（洁）clean qīng jié 清潔 clean
38. hé 核 nucleus hé néng 核能 nuclear energy
39. qǔ dé 取得 get; achieve
40. tài yáng néng 太陽能 solar energy
41. dì rè 地熱 geotherm
42. néng liàng 能量 energy
43. chōng 充 sufficient chōng fèn 充分 sufficient
44. gèng jiā 更加 even more
45. pǔ biàn 普遍 widespread; common
46. zēng zhǎng 增長 increase
47. zhòng shì 重視 lay stress on
48. sù zhì 素質 quality
49. kōng jiān 空間 space
50. chéng guǒ 成果 achievement
51. ào 奧 profound ào mì 奧秘 profound mystery

根據課文判斷正誤：

□ 1) 人類在二十一世紀將把主要精力放在新能源的探索和開發上。

□ 2) 將來的計算機將變得更小、更薄，但容量會更大。

□ 3) 癌症可望在二十一世紀得到有效的醫治。

□ 4) 自然能量包括太陽能、風能、水能等。

□ 5) 人類在二十一世紀將着重經濟發展，而不重視對自然資源的保護。

□ 6) 探索宇宙的目的之一是為人類尋找新的生存空間。

1 討論

想一想，自然能量可以為人類做哪些事？

1) 太陽能	2) 風能	3) 水能	4) 地熱
● 太陽能汽車	●	●	●
●	●	●	●
●	●	●	●
●	●	●	●
●	●	●	●
●	●	●	●
●	●	●	●

2 CD2 T18 判斷正誤

□ 1) 由於有了新藥，全世界死於癌症的病人越來越少了。

□ 2) 癌症在某種程度上是可以預防的。

□ 3) 癌症跟飲食習慣、生活方式和生活環境有關。

□ 4) 吃高纖維、高蛋白質和高脂肪食品可以有效地控制癌症。

□ 5) 蔬菜和水果中的維生素A、B和C可以預防癌。

□ 6) 紅茶比綠茶更能有效地預防腸癌、胃癌和肝癌。

□ 7) 牛奶裏的某些成分有預防癌症的作用。

□ 8) 豆漿、豆腐乾、豆腐皮等豆製品可以預防癌。

3 討論

1997年，英國一家研究所成功培育出世界上第一隻克隆動物 —— 綿羊"多利"，使人類對生命技術產生了新的希望和幻想，人類希望利用克隆技術爲人類造福。

該你了！

上網查詢有關克隆技術的資料，並列出目前還不完善的克隆技術有可能會對人類造成的危害。

克隆技術造福人類：

- 搶救珍稀的瀕臨絕種動物
- 複製優良家畜
- 攻克遺傳疾病
- 研製新藥
- 培育內臟器官供人移植

4 調查

在今後的一百年間可能發生的事

	同意	不同意
1. 得了不治之症，先冷凍起來，待醫學界找到醫治方法後再生還。	13個學生	5個學生
2. 所有購物都在網上進行，機器人送貨。		
3. 因爲地球上人太多，今後水會像油那樣貴。		
4. 世界真的成了"地球村"，沒有國界。		
5. 漢語可能成爲世界語。		
6. 人不用一日吃三餐，只吃幾片藥就可以了。		
7. 每人都穿一雙"火箭鞋"，可以一步行千里。		
8. 人類征服所有疾病，想活多少歲就活多少歲。		
9. 無人駕駛汽車會送你去任何地方。		
10. 人類將搬到外星去住。		

（一）

1. 可視電話可以安裝在哪兒？

2. 可視電話爲什麼還沒普及？

3. 以下哪幾句話正確？

☐ a) 可視電話可以讓通話的人通過電視屏幕看到對方的表情。

☐ b) 可視電話的安裝比較複雜。

☐ c) 打可視電話的人不但可以聽到對方的聲音，而且還能通過電話上的屏幕看到對方的臉。

☐ d) 有了可視電話，商人出差的次數今後可能會減少。

（二）

1. 數碼相機跟傳統相機有什麼區別？（列舉兩個）

2. 人們一般怎樣把數碼相機裏的照片印出來？

3. 以下哪幾句話正確？

☐ a) 數碼相機用電腦集成塊把圖像攝下來。

☐ b) 數碼相機會在不久的將來問世。

☐ c) 從數碼相機的屏幕上可以看到剛拍好的照片。

☐ d) 數碼相機需要用一種特殊的膠卷。

6 討論

根據一些科學家和未來學家的預測，在未來的一千年裏，地球上的人類會發生巨大的變化。假設你是未來學家，試就以下幾個方面進行預測。

- 人類的壽命　　- 太空
- 醫學發展　　　- 人類的相貌
- 公共交通　　　- 人口
- 電器産品　　　- 女性
- 人類的居所　　- 電話

詩歌欣賞

早發白帝城

李 白

朝辭白帝彩雲間，
千里江陵一日還。
兩岸猿聲啼不住，
輕舟已過萬重山。

7 選兩種產品做一個口頭報告

由於高科技的運用，以下這些產品將在外型、體積、效率、功能等方面有什麼改進？

- 烤箱
- 冰箱
- 洗衣機
- 衣櫃
- 咖啡機
- 門、窗
- 微波爐
- 電視機
- 床

例子：

智能烤箱的外型將更藝術化，而且外型每年都翻新花樣，以增加新鮮感。體積會更小，不佔地方。效率會更高，而且節電。智能烤箱的功能很多，可以做各種糕餅及菜餚。烤箱通過自身的軟件幫助主婦確定溫度。

家用冰箱的外型將像一個大衣櫃，體積比現在的大得多，家裏所有吃的東西都可以放進去。冰箱雖然大，但節電而且冷凍快。冰箱的功能多樣化，各個區域根據食品自動調節溫度。冰箱會主動提醒主婦該購買哪些食物，同時還會通過互聯網從超市直接訂購。

8 討論

在近十年內，你希望哪些事可以變成現實？

1. 看病可以不去醫院，醫生會上門服務。
2. 結婚儀式可以在家裏舉行，不用去教堂。
3. 打一個電話去圖書館，＿＿＿＿＿＿＿＿＿
4. 自動售貨機裏有＿＿＿＿＿＿＿＿＿＿＿
5. 溜狗有專職人員，＿＿＿＿＿＿＿＿＿＿
6. 上課不用去學校，＿＿＿＿＿＿＿＿＿＿
7. 可視電話＿＿＿＿＿＿＿＿＿＿＿＿＿＿
8. 機器人＿＿＿＿＿＿＿＿＿＿＿＿＿＿＿
9. ＿＿＿＿＿＿＿＿＿＿＿＿＿＿＿＿＿＿
10. ＿＿＿＿＿＿＿＿＿＿＿＿＿＿＿＿＿

世界末日

快到了嗎?

在世紀之交，很多關於"世界末日"的理論出臺，再加上人類經歷和面臨的各種天災人禍，更使一些悲觀的人士相信世界末日真的離我們不遠了。

有些什麼說法?

1. "核武器"將毀滅整個人類。

2. 互聯網

3. 地球跟其他星球

4. 人類對環境的破壞

5. 新的病症

6. 機器人

7. 外星人

8. 克隆技術

9. 南、北極冰蓋

10. 臭氧層

11. 人口爆炸

12. 世界大戰

參考詞語:

毀滅　混亂　相撞　存在　不斷　醫治　無法　發生

污染　生存　頻繁　發生　出現　感情　思想　控制

戰勝　搶佔　爆炸　辦法　病因　擊敗　人類　依賴

疑難病症　　自然災害

閱讀（十一） 盤古開天地

CD2 T20

　　傳說在很久很久以前，宇宙就像一個大鷄蛋。有個叫盤古的巨人就孕育在這個大鷄蛋裏。大約經過了18,000年，盤古醒了。他睜開雙眼，發現周圍黑黑的一片。他非常惱怒，於是揮動雙臂，用力向黑暗砍去。只聽一聲巨響，大鷄蛋破裂了，其中輕而清的東西慢慢上升，散發開來成了藍藍的天空，重的東西慢慢下降變成了厚厚的大地。盤古擔心天地會再合起來，於是就用手頂住天，腳踏住地。每天，天升高一丈，地加厚一丈，盤古的身子也長高一丈。又經過了18,000年，天越來越高，地也越來越厚，盤古的身子也有90,000里長了。盤古臨死前，他的周身發生了很大的變化。他的左眼變成了太陽，右眼變成了月亮；頭髮和鬍鬚變成了天空中的星辰；牙齒和骨頭變成了玉石和地下的寶藏；汗水變成了雨露；他身體裏的血液變成了江河湖海。

生詞：

1. 巨人 jù rén giant
2. 孕 yùn pregnant 孕育 yùn yù be pregnant with; breed
3. 醒 xǐng wake up
4. 怒 nù anger; fury 惱怒 nǎo nù angry; furious
5. 揮動 huī dòng wave; shake
6. 臂 bì arm
7. 暗 àn dark; secret 黑暗 hēi àn darkness; dark; evil
8. 裂 liè split; crack 破裂 pò liè burst; split
9. 散發 sàn fā emit
10. 降 jiàng go down; fall; drop 下降 xià jiàng descend; fall
11. 擔（担） dān take on; shoulder 擔心 dān xīn worry; fear
12. 頂（顶） dǐng top; push up 頂住 dǐng zhù withstand
13. 踏 tà step on

14. 臨死 lín sǐ on one's deathbed
15. 周身 zhōu shēn whole body
16. 鬍鬚 hú xū beard and moustache
17. 辰 chén celestial bodies 星辰 xīng chén stars
18. 齒（齿） chǐ tooth 牙齒 yá chǐ tooth
19. 骨頭 gǔ tou bone
20. 玉石 yù shí jade
21. 寶藏 bǎo zàng treasure
22. 汗水 hàn shuǐ sweat
23. 雨露 yǔ lù rain and dew
24. 液 yè liquid; fluid 血液 xuè yè blood

專有名詞：

1. 盤古 pán gǔ creator of the universe in Chinese mythology

第十二課　健康之道

CD2 T21

只要你去一趟醫院，看見求醫問診的病人，你一定會體會到身體健康是多麼重要。有了健康的身體，才能真正地享受美好的生活。

作爲一個現代人，我們並不缺乏物質生活條件，但更應注意身心的健康。雖然醫生能醫治我們的疾病，但自我保健能使我們減少、甚至避免疾病的痛苦。我們可以從以下幾個方面照顧自己。

第一，要保持飲食均衡，否則就有可能導致現代病的發生，例如肥胖症、高血壓、心臟病、糖尿病等。

第二，起居要有規律，睡眠要充足。當今社會競爭激烈，如果長時間學習、工作，不注意休息，身體就容易疲勞，有可能導致失眠、頭暈、注意力不集中等症狀。

第三，要經常鍛煉身體。俗話說："生命在於運動"，運動能使人精神愉快，改善不良情緒。

第四，要保持開朗、樂觀的精神狀態，熱愛自己的學習和工作，廣交朋友，多做善事，培養廣泛的興趣和愛好。

第五，要定期檢查身體，做到有病早治，無病預防。

總之，適當的自我保健和積極、樂觀的人生態度能使我們健康、愉快地度過一生。

生詞：

1. tàng 趟 measure word
2. qiú yī 求醫 seek for medical treatment
3. zhěn 診（诊）examine (a patient)
   wèn zhěn 問診 inquire; inquiry
4. tǐ huì 體會 know or learn from experience
5. duō me 多麼 how; what
6. zhēn zhèng 真正 real; truly
7. zuò wéi 作爲 as; regard as
8. fá 乏 lack; tired　quē fá 缺乏 be short of
9. jiǎn shǎo 減少 reduce; decrease
10. bì 避 avoid; prevent
11. miǎn 免 exempt; avoid　bì miǎn 避免 avoid
12. jūn 均 equal; all
    jūn héng 均衡 balanced; even
13. fǒu zé 否則 otherwise
14. zhì 致 achieve; bring about
    dǎo zhì 導致 lead to; result in
15. féi pàng zhèng 肥胖症 obesity
16. gāo xuè yā 高血壓 hypertension
17. zàng 臟（脏）internal organs of the body
    xīnzàng 心臟 heart　xīnzàng bìng 心臟病 heart disease
18. niào 尿 urine　táng niào bìng 糖尿病 diabetes
19. qǐ jū 起居 daily life
20. guī lù 規律 law; regular pattern
21. mián 眠 sleep　shuì mián 睡眠 sleep
    shī mián 失眠 insomnia

22. chōng zú 充足 sufficient
23. jìng zhēng 競爭 competition; compete
24. jī 激 arouse; fierce
25. liè 烈 strong; fierce　jī liè 激烈 intense; fierce
26. pí 疲 tired　pí láo 疲勞 tired
27. yūn 暈（晕）dizzy; faint　tóu yūn 頭暈 dizzy
28. zhù yì lì 注意力 attention
29. zhuàng 狀（状）shape; condition
    zhèng zhuàng 症狀 symptom
    zhuàng tài 狀態 state; condition
30. duàn 鍛（锻）forge　duàn liàn 鍛煉 do exercise
31. sú huà 俗話 common saying; proverb
32. zài yú 在於 lie in; depend on
33. jīng shén 精神 spirit
34. gǎi shàn 改善 improve
35. lǎng 朗 light; bright
    kāi lǎng 開朗 open and clear; cheerful
36. lè guān 樂觀 optimistic
37. rè ài 熱愛 deep affection
38. shàn shì 善事 good deed; charitable work
39. dìng qī 定期 regular; periodical
40. jiǎn 檢（检）check up; examine
    jiǎn chá 檢查 check up; inspect; examine
41. yù fáng 預防 prevent
42. zǒng zhī 總之 generally speaking; in brief
43. shì dàng 適當 suitable; proper

根據課文回答下列問題:

1. 現代病有哪些?

2. 自我保健做得好的人可以一輩子不生病, 這種說法對嗎?

3. 爲什麼人們需要充足的睡眠?

4. 體肓鍛煉對人的身心健康有什麼好處?

5. 定期檢查身體有什麼好處?

6. 爲什麼要廣交朋友、多做善事?

7. "生命在於運動", 這句話是什麼意思?

8. 怎樣才能使人們健康、愉快地度過一生?

1 編對話

條件:

－ 你們四個人去吃飯

－ 決定去哪一家飯店

－ 點什麼菜

－ 評論吃哪些菜有利於健康

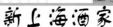

法國飯店

烤沙丁魚	烤比目魚
鵝肝醬	烤羊排
凱薩沙拉	小春鷄
洋葱湯	煎餅
蔬菜湯	冰淇淋

新上海酒家

白切肉	炒三絲
鹵牛肉	小籠包子
雪菜毛豆	小餛飩
五香豆腐乾	酒釀圓子
松子黃魚	生煎包

泰國飯店

泰式涼拌牛肉	酸辣海鮮湯
香料水果沙拉	泰式炒河粉
辣炒椰汁鷄肉	鳳梨炒飯
咖喱炒明蝦	蟹肉炒飯

2 説一説

人們需要的各種營養及其作用

1. 五穀類： 含碳水化合物，提供身體熱量。

2. 瓜果、蔬菜： 含纖維、維生素、礦物質等，保持細胞健康和增強身體抵抗力。

3. 奶類、肉類： 含蛋白質、鈣質等，促進細胞生長，保持牙齒、骨骼健康。

4. 油、糖、鹽： 油、糖爲身體提供熱量，鹽維持體內水分平衡。

5. 水： 幫助體內有毒廢物順利排出，並輸送營養到身體各個部位。

設計出有營養的一日三餐

早餐： _____

午餐： _____

晚餐： _____

3 CD2 T22 判斷正誤

☐ 1) 電視臺邀請高醫生解答有關失眠的問題。

☐ 2) 高醫生在百合醫院工作。

☐ 3) 聽衆可以通過發電郵或打電話給 "聽衆問答節目"。

☐ 4) 有些聽衆抱怨他們晚上睡不着。

☐ 5) 睡前做激烈的運動是導致失眠的原因之一。

☐ 6) 有些人白天睡得太多，晚上就睡不着了。

☐ 7) 有些起居沒有規律的人晚上也會失眠。

☐ 8) 晚上睡覺前痛哭一場的話，可能會失眠。

☐ 9) 失眠人士最好的辦法就是吃安眠藥。

☐ 10) 睡前喝一杯牛奶可以幫助入睡。

93

4 做一個口頭報告

1. 你吃早餐嗎？吃什麼？

2. 如果不吃，原因是什麼？不吃早餐的話，你的身體會有哪些反應？對身體有哪些傷害？

3. 早餐應該保證哪些營養？

4. 你覺得一日三餐中哪一餐最重要？為什麼？

5. 說出一日三餐合理的營養搭配。

6. 你是否想改變你的飲食習慣？怎麼改？

參考詞語：

時間	習慣	零食	胃口
準備	難受	反應	症狀
影響	脂肪	生長	保持
營養	纖維	感到	促進
提供	頭暈	均衡	效率
豐富	補充	能量	睡懶覺

礦物質　蛋白質　維他命　餓

精力充沛　身體健康　思想集中

碳水化合物　葷素、粗細糧搭配

5 說一說

是治病還是把人整死?

在兩百多年前的歐洲，由於醫學還不發達，去看病簡直是一件痛苦的事。當時的醫生認為，有些病是"壞血"引起的，所以他們會讓一種吸血蟲"水蛭"來吸病人的"壞血"，以達到治病的目的。當時做手術沒有麻醉劑，醫生只用草藥或酒精麻醉病人。當時也還沒有抗生素，很多病人會因傷口感染而死去。

你所知道的現代治病方法

科學療法	自然療法
• 吃藥	• 音樂療法
•	•
•	•
•	•
•	•
•	•
•	•
•	•
•	•
•	•
•	•

94

6 CD2 T23 回答下列問題

(一)

1. 鹼性食品一般有哪些？（列出三種）

2. 爲什麼每天吃的食物要葷素搭配？

3. 以下哪幾句話正確？

□ a) 一般食物分爲兩大類：酸性食物和鹼性食物。

□ b) 酸性食物有鷄、鴨、魚、肉、麵、牛奶、豆製品等。

□ c) 長期只吃鹼性食物會導致冠心病、心臟病和肥胖症。

□ d) 一個漢堡包再加上一些蔬菜和水果就是一頓營養均衡的午餐。

(二)

1. 什麼原因使人的壽命比以前延長了？

2. 人類壽命不斷延長會給政府帶來什麼問題？

3. 以下哪幾句話正確？

□ a) 領取退休金的人逐年增多是導致政府財政預算不平衡的原因之一。

□ b) 人的壽命每二十年延長一歲。

□ c) 一些發達國家的人均壽命在七十歲以下。

□ d) 推遲退休年齡是減少退休金開支的一個辦法。

7 討論

1. 什麼叫"都市病"？
2. "都市病"有哪些？
3. "都市病"是怎樣引起的？
4. 你自己或家人、親戚中有没有人得"都市病"？病情怎樣？是怎樣治療的？

參考詞語：

頭痛	頭暈	便秘	腫瘤	節奏	飲食	鍛煉	快餐	補品
習慣	規律	走路	食品	精細	高血壓	肥胖症	心臟病
糖尿病	看電視	用電腦	厭食症	生活方式	睡眠不足
精神緊張	工作壓力	競爭激烈	暴飲暴食	體力勞動

"不節食"減肥法

"不節食"減肥法不特別強調節食，而強調運動。每天至少做一次四十五分鐘的運動。最簡單的運動就是走路。食物要以高纖維的碳水化合物為主，多吃含有豐富蛋白質的食物，比如魚和堅果，再加上蔬菜和水果。總之，要減肥就一定要堅持，這樣才能達到目的。

該你了！

選其中一種減肥方法，並講解一下人們可以怎樣通過這種方法減肥（可以上網查資料）。

減肥方法：
- 做瑜伽
- 跳繩
- 按摩
-
-
-
-
-
-

蘋果三日減肥法

蘋果是一種營養豐富的食物，含有糖、蛋白質、脂肪、各種維生素及磷、鈣、鐵等礦物質，還有果酸、胡蘿蔔素等。

蘋果減肥法是在三天內只吃蘋果，可以按人們的進食習慣，早、午、晚分別吃1-2個蘋果，食量以不感到饑餓為好。如果感覺口渴，可以喝白開水或淡的綠茶。蘋果可以煮熟了吃，或者榨成果汁，也可以烤着吃。

這種減肥法一般在三天內能減掉3-4公斤，效果好的能達到5公斤。三天後進食要慢慢增量，到正常進食之前最好有 2-3 天的恢復期。過了這三天，還必須合理配備膳食並做些適當的體育鍛煉。

血型與性格

A 型

順從，細心，感情豐富，做事認真，忍耐力強，重視家庭，容易適應環境，有公德心，有禮貌，不多管閒事，有責任心，自尊心強，決斷力不強，性急，內向，膽小，容易悲觀。

B 型

樂觀，熱情，活潑，愛社交，浪漫，自信，好辯，純真，心直口快，大膽，正直，敢想、敢說、敢做，不循規蹈矩，喜歡我行我素，大膽但不慎重，多嘴，誇張，容易厭倦。

O 型

活潑，熱情，人緣好，意志堅強，自信，冷靜，客觀，喜歡挑戰自己，不怕艱難，性情開朗，判斷力強，開放，獨立，頑固，個人主義，不太謙讓。

AB 型

親切，富有同情心，聰明，膽大心細，堅強，自信，果斷，樂觀，個性強，喜歡表現自己，能幹，樂於助人，公正無私，性急，煩惱不安，缺乏冒險精神。

1 回答下列問題：

1. 你是什麼血型？你的性格跟以上講的符合嗎？如果不符合，說一說你的性格。

2. 你的父親是什麼血型？他的性格如何？

3. 你的母親是什麼血型？她的性格如何？

2 描述你班上的一個男學生或者一個女學生的性格，並猜一猜他/她的血型。

詩歌欣賞

泊船瓜洲

王安石

京口瓜洲一水間，
鍾山只隔數重山。
春風又綠江南岸，
明月何時照我還？

閱讀(十二)　李時珍

CD2 T24

　　李時珍是中國古代傑出的藥物學家。他出生在一個世代行醫的家庭裏。

　　李時珍自幼喜歡採集各種植物和動物的標本，注意藥物的療效，同時還讀了大量的醫書。他發現古人寫的《本草》有些地方不太準確。爲了弄清楚各種藥的藥性，他離開家鄉，冒着嚴寒酷暑，歷盡千難萬險，走遍了很多省份。他向當地人請教，研究各種植物、鳥類、獸類、民間藥方等。經過二十餘年的努力，李時珍根據他收集的各種資料，終於寫成了《本草綱目》。這本書介紹了1,195種植物、340種動物及357種礦石的藥用價值，還配有1,000多幅插圖及10,000多種藥方。

　　《本草綱目》於1596年出版，先後傳到了日本和歐洲，被譯成拉丁文、德文、法文、俄文、英文等文字，曾被達爾文稱之爲"百科全書"。李時珍爲中國及世界藥物學作出了巨大的貢獻。

生詞：

1. yào wù xué 藥物學 pharmacology
2. shì dài 世代 for generations
3. cǎi jí 採集 gather; collect
4. biāo běn 標本 specimen; sample
5. liáo xiào 療效 curative effect
6. zhǔn què 準確 accurate
7. qīng chǔ 清楚 clear; know
8. yào xìng 藥性 property of a medicine
9. jiā xiāng 家鄉 hometown
10. yán hán 嚴寒 icy cold
11. kù shǔ 酷暑 intense heat of summer
12. qiān nán wàn xiǎn 千難萬險 innumerable dangers and hardships

13. shěng fèn 省份 province
14. dāng dì 當地 local
15. qǐng jiào 請教 consult; seek advice
16. yào fāng 藥方 prescription
17. yú 餘（余）surplus; more than
18. jù 據（据）according to; evidence
　　gēn jù 根據 according to
19. shōu jí 收集 collect
20. gāng 綱（纲）outline　gāng mù 綱目 outline
21. kuàng shí 礦石 mineral
22. yào yòng 藥用 used as medicine
23. jià zhí 價值 value
24. fú 幅 measure word

25. chā 插 insert　chā tú 插圖 illustration
26. bǎn 版 edition　chū bǎn 出版 publish
27. lā dīng wén 拉丁文 Latin
28. é 俄 Russian Empire　é wén 俄文 Russian
29. bǎi kē quán shū 百科全書 encyclopaedia

專有名詞：

1. lǐ shí zhēn 李時珍 Chinese pharmacologist of the Ming Dynasty (1518-1593)
2. běn cǎo 《本草》 Chinese Materia Medica
3. běn cǎo gāng mù 《本草綱目》 Compendium of Materia Medica
4. dá ěr wén 達爾文 Charles Robert Darwin (1809-1880)

附 錄

第一單元　節日與慶典

第一課　中國的傳統節日

CD1 T2

A: 正月就是農曆一月, 對嗎?

B: 對。

A: 今年春節是哪天?

B: 陽曆一月二十八號。

A: 你們通常哪天去給爺爺、奶奶拜年?

B: 我們每年都是年初一去。

A: 你今年得到多少壓歲錢? 有沒有 2,000 塊?

B: 有 3,000 多。

A: 香港人年初一吃什麼特別的食物?

B: 他們一定要吃年糕, 希望生活一年比一年好。

A: 你跟家人每年清明節這天去掃墓嗎?

B: 我們總是清明節前一個星期去, 因爲清明節這天人太多。

A: 在電視上我看見香港人過中秋節燒蠟燭、玩燈籠。

B: 北京人過中秋節不燒蠟燭。

CD1 T3

（一）

今年的春節聯歡晚會將於除夕晚上八點開始, 午夜十二點半結束。晚會的主要節目有民歌演唱、民族舞蹈表演、京劇表演、雜技表演、合唱、兒童歌舞表演等。我們還特地邀請了中、外著名歌唱家及鋼琴演奏家爲大家獻上精彩的表演。晚會將在中央電視臺一臺、二臺和四臺同時直播, 敬請各位觀衆同我們一起歡度除夕之夜。

（二）

除了中國以外, 世界上還有其他國家, 例如越南、朝鮮、韓國、馬來西亞、新加坡等國家的華人也慶祝春節。在北美洲、歐洲、澳大利亞等地的華人也過春節。春節期間, 他們與家人團聚、吃年夜飯、走親訪友。有的地方還放鞭炮, 有舞龍、舞獅表演, 非常熱鬧, 吸引不少當地的華人和本地人去觀看。

第二課　西方的傳統節日

CD1 T6

1. A: 今年聖誕節你們家怎麼過?

   B: 今年我們不去國外度假。我姥姥、姥爺來我家過聖誕節。

2. A: 你們家每年都擺聖誕樹嗎?

   B: 小時候我們家年年都擺, 最近幾年不擺了。

3. A: 你今年收到了幾份聖誕禮物?

   B: 至少有六份。

4. A: 今天是元旦, 你對未來有什麼希望?

   B: 我希望沒有太多的考試, 學習可以輕鬆一些。

5. A: 今年的感恩節是哪天?

   B: 十一月二十七號。

6. A: 你一年裏什麼時候能與你家的親戚團聚?

   B: 每年的春節。

CD1 T7

（一）

去年我和朋友參加了在市中心廣場舉行的新年倒數慶祝活動。慶祝會是在除夕夜晚上八點開始的。當時會場上人山人海, 氣氛異常熱鬧, 每個人都有說有笑。慶祝會上還有各種表演, 有唱歌、舞蹈、有獎遊戲等。時鐘快敲響午夜十二點時, 大家異口同聲地倒數最後十秒鐘。數完最後一秒鐘, 大家都互相祝福, 說 "新年快樂!"

（二）

西班牙這個國家很特別。他們午飯一般在下午三點吃, 因爲他們中午要睡午覺。他們晚飯一般在晚上十點吃。西班牙人愛吃, 也會吃, 不過他們用餐的禮節一般都不複雜。用餐時他們的話題一般是哪個飯店有什麼特色, 哪裏開了一家新餐館等。西班牙人喜歡吃炸、烤的食物。他們喜歡吃烤羊肉、烤豬肉, 他們也愛吃魚。西班牙海鮮飯很有特色, 裏面有魷魚、大蝦等。有人說西班牙菜受法國大菜的影響, 因爲法國是西班牙的鄰居。

第三課　社交用語及禮儀

CD1 T10

1. A: 丁雲, 下個星期五是我的生日, 我想請六個同學來我家。我們可以玩電腦遊戲, 也可以看影碟。

   B: 太棒了, 我正好有空, 我一定來。

2. A: 孫文, 我們家周末去郊遊、燒烤, 你想不想跟我們一起去?

   B: 對不起, 我下個星期有考試, 我得在家複習功課, 我媽媽不會讓我去的。

3. A: 楊光, 今年除夕晚上我們去市中心廣場參加倒數吧!

B：恐怕不可以，我們聖誕節前就去歐洲旅行，一月三號才回來。

4. A：宋明，萬聖節晚上想不想參加化裝舞會？我們一起去，怎麼樣？

   B：好啊！幾點去？去哪兒？還有誰去？

5. A：小兵，明天是端午節，我要去拍一些照片。你跟我一起去，好嗎？

   B：不好意思，我去不了。我已經跟其他人約好去打球。你怎麼不早點兒說？

6. A：魯軍，你今年暑假想不想去北京大學參加一個漢語班？我們可以學點漢語，還可以去旅遊。

   D：好主意，但是我得跟我父母商量一下。你打算去幾個星期？你知道要花多少錢嗎？

CD1 T11

（一）

由於社會的進步，北京人過年送禮的習慣也發生了變化。以前，人們過年過節互相送烟、送酒、送糕點，請客吃飯更是常見，而現在人們卻會送健身卡、訂報卡、美容卡、英語班聽課卡等等，非常有新意。不少健身俱樂部乘機推出“健身卡”來吸引顧客。以前人們辦年貨時買鷄、鴨、魚、肉，還添置新衣服；如今人們辦的年貨、送的禮品不僅是吃的，而且還跟健康、學業與工作有關。

（二）

中國人喜歡紅色，因爲紅色代表幸福、吉祥、成功、運氣等。過年時人們會貼紅對聯、紅“福”字、掛紅燈籠、發紅包，甚至賀年卡也是紅的。結婚時，要貼紅喜字，新娘要穿紅衣服、戴紅花，新房裏點紅蠟燭。誰家生了小孩要派發紅喜蛋。哪家商店生意做得好，人們就說這家店生意“紅火”。如果哪個演員、歌星很有名，人們就說這個人很“紅”。總之，紅色對中國人有特別的意思。

第二單元　時事與娛樂

第四課　通訊與媒體

CD1 T14

1. 各位聽眾，目前有一股冷空氣正在由北向南移動，預計周末華北地區會出現大風，氣溫可能下降5到10度，部分地區還會下雪。

2. 北京三環路上今天下午發生了一起交通事故，一輛貨車與一輛小巴相撞，造成十幾人受傷，其中一人傷勢嚴重。

3. 昨晚廣州市郊的一個居民小區發生了一起火警。事發於5座的一個單位，三輛救火車到場，事件中無人受傷。

4. 美國費城交響樂團將於5月10日到20日在上海進行訪華演出。該樂團將在上海大劇院演出五場。

CD1 T15

（一）

相對來說，以前的學生放學以後看書、看報比較多，因爲那時沒有電視機，娛樂活動的形式也比較少。現在有了電視、電腦，學生一有時間就上網、看電視、玩電腦遊戲。學生在電腦、電視機屏幕前可以坐上幾個小時，而花在看書、看報上的時間就少多了。

（二）

自從十九世紀有了電以來，科學家們先後發明了電報、電話和廣播，後來更有了電視。廣播、電視不僅爲我們帶來世界各地的最新消息，而且還給我們提供娛樂。電腦是二十世紀的偉大發明之一，互聯網的出現給人們的生活帶來了更多的方便。無論你在何時何地，只要你能上網，你就能跟外界取得聯絡。

第五課　娛樂與休閑

CD1 T18

A：請您介紹一下今年的國際花樣滑冰錦標賽的情況。時間大概是什麼時候？

B：2月12日到16日。

A：在哪兒舉行？

B：在北京首都體育館舉行。

A：有多少個國家和地區參賽？

B：有來自四大洲的12個國家和地區。

A：請問是哪四大洲的國家和地區？

B：北美洲、歐洲、大洋洲和亞洲。參賽的國家有美國、加拿大、英國、法國、德國、澳大利亞、日本、俄國等。

A：到時有多少運動員參加？

B：有150多名。

A：今年的錦標賽是第幾屆？

B：這已是第五屆了。第一屆是在加拿大舉辦的，每年舉辦一屆。

（一）

　　《哈利·波特與密室》將於 2003 年 1 月 24 日在北京隆重上映。一家在北京的哈利·波特專賣店將於 2003 年 1 月 15 日正式營業。這家專賣店將出售相當多的產品，有圍巾、杯子、文具、圖書、巧克力、餅乾等，預計每天的銷售額可高達一萬元以上。近日來，在北京街頭、建築物上到處都張貼着《哈利·波特與密室》電影的廣告和海報。看來這部電影以及相關產品會帶來很多經濟收益。

（二）

　　爲了紀念法國偉大的文學家雨果誕辰200周年，法國大型音樂劇《巴黎聖母院》將於 2002 年 12 月 20 日在北京人民大會堂連續演出五場。這是近幾年來首次世界著名音樂劇原裝來北京演出。票價有 250 塊、350 塊和 450 塊。想訂票的觀衆可以打票務熱綫 68515544 或者 68515545。觀衆還可以上網訂票，網址是 www.tickets.com.cn。

第六課　社會名流

　　英國查爾斯王子與已故戴安娜王妃育有兩個兒子：威廉王子和哈里王子。威廉王子長得高大、英俊，身高 1.85 米，有像他母親一樣的迷人的笑容。他曾經就讀於英國著名的"伊頓公學"。在他 18 歲生日之前，他接受過一次記者的採訪。他告訴記者他喜歡水球、足球和橄欖球，他還喜歡看球賽。他常常跟朋友一起去看電影，他尤其喜歡看動作片。他説他還喜歡看書，聽舞曲和流行歌曲。除此以外，他還提到他喜歡穿休閒服。他不太喜歡傳媒過分關注他，因爲這會使他覺得不太自在。

（一）

　　比吉斯三兄弟出生在愛爾蘭。他們從小受父母的影響，酷愛音樂。他們的父親是一個樂團的團長，而母親則是一名歌手。大哥 Barry 在他九歲那年已開始唱歌，他的兩個雙胞胎弟弟爲他伴奏。Barry 十歲那年，他和兩個弟弟跟隨父母移民到澳大利亞。1967 年，他們兄弟三人正式組成比吉斯樂團（Bee Gees），走上了搖滾樂壇。七十年代是比吉斯樂團的黃金歲月。從六十年代到九十年代，比吉斯三兄弟成了音樂史上最成功的三重唱。他們演唱的大部分歌曲都是自己創作的，其中《周末狂熱》（Saturday Night Fever）非常有名。2001 年，他們還推出了新歌《我

從這裏開始》（This Is Where I Came In）。不幸的是，其中一個兄弟 Maurice 於 2003 年 1 月病逝。

（二）

　　最近北京舞臺上活躍着一個由 12 名年輕漂亮的女子組成的中國古典樂器演奏隊。自 2001 年成立以來，她們在短短的一年半中在中國音樂界迅速走紅。她們演奏的樂器有古箏、琵琶、二胡、三弦、竹笛、揚琴等。她們把中國古老的琴音與西方流行音樂融合在一起，形成了她們獨特的風格。她們在舞臺上演奏時不一定是坐着，有時候站着，有時候翩翩起舞。雖然她們演奏的都是中國古典樂器，但是她們不只是穿中式服裝，而是有時穿黑色的長裙，有時穿火紅色的晚裝。看過她們演出的人都説，她們的音樂會不僅給觀衆帶來聽覺上的享受，而且給人視覺上的享受。

第三單元　青年一代

第七課　青年人的煩惱

　　現在是聽衆來信節目。我是知心姐姐。今天我們要談的題目是減肥。有好幾個中學生來信抱怨説他們身體過胖，幾次減肥都沒有效果。在此我想建議那些減肥者在減肥時應該做到以下幾點：

　　第一，不要吃太多的肉，應該多吃蔬菜、水果、豆製品等低能量的食物。

　　第二，不要吃太多零食，例如巧克力、餅乾、糖果、薯片等，盡量少喝飲料，多喝水。

　　第三，要多做體育運動，比如打球、跑步、游泳等，爭取每天堅持做半個小時的運動。

　　第四，經常秤一下自己的體重。

　　如果你們能夠堅持做到以上幾點，我相信你們的減肥一定會收到成效。

（一）

　　兩年前我父母離婚了，他們讓我跟爺爺、奶奶住。我父親在另一個城市工作，一年到頭只能見他兩、三次。一開始他還支付我的生活費和學費，但近一年來他都沒有寄錢給我爺爺、奶奶。我已經寫了幾封信，也打了好幾個電話給他，他都説沒有錢，因爲他失業了。我已經有一年沒

101

有見到我母親了，她現在在哪兒我都不知道。我爺爺、奶奶說他們靠退休金生活，也沒有太多的錢。所以我近來非常苦惱，情緒也不好，上課不能集中思想，下課也沒心思做作業，學習成績退步了很多。

（一）

由於父母的工作關係，我今年轉到了一所新的學校讀書。一個學期已經過去了，我還沒有交到一個朋友。我知道自己的缺點，我比較害羞，有時還會自卑，班上有幾個同學經常欺負我、取笑我。我很愛學習，而且學習成績總是在班上數一數二，因此有些同學就妒嫉我，還不跟我說話。有一次不知道誰把我的書包藏了起來，我找了半天才找到。我很苦惱，我希望這樣的日子快點結束，希望我能交到幾個朋友，和他們說說心裏話。

第八課　不良言行與犯罪

CD2 T6

A: 警察，我要報案。

B: 什麼事啊！

A: 我被人搶了。

B: 什麼時候？在什麼地方？

A: 晚上十一點半左右，我在大華酒店附近被兩個男人攔住。他們搶走了我的手提包、手錶及攝像機，總共價值 15,000 塊。他們還讓我講出信用卡的密碼。

B: 他們兩個人手裏有沒有拿兇器？

A: 有。他們每人手上拿一把短刀。他們說如果我不講出信用卡的密碼，他們就殺了我。

B: 他們都穿什麼衣服？長得什麼樣兒？多大年紀？

A: 他們都穿着黑色的上衣和牛仔褲，頭上還戴着帽子。我看不清他們長得什麼樣，只是一個長得胖一點，中等個子，而另一個高高的、瘦瘦的。他們倆年紀大約有 20 出頭。

CD2 T7

（一）

本市最近有四個平均年齡不到 15 歲的中學生，因沒錢上網吧而進行搶劫，前天被警方抓獲。

這四個青少年在不同的學校就讀，他們都喜歡上網。一年前他們在網吧結識，後來便成了好朋友。有一次，他們四人因沒有錢，網吧老板沒讓他們進去。他們很不開心，但又不知道怎樣弄到錢。正在那時，三個分別是十歲、十一歲和十二歲的孩子路過，他們四個人就一湧而上，逼

着他們把口袋裏的錢交出來。僅僅爲了六十塊錢，他們先後打傷了那三個孩子。後來受害者報了警，這四個不良青少年於一個月後被警察抓獲。

（二）

本市一位叫吳肖冰的青年成功戒毒後，被邀請到一所中學講述他吸毒、戒毒的經歷。他第一次接觸毒品是受一位壞朋友的影響，結果沒想到一下子就上了癮。爲了弄到錢買毒品，他偷同學的錢，更把家裏的東西拿出去賣。後來他父母得知後幫他戒毒，但是他做不到。爲了錢，他經常跟父母爭吵。有一次，父母親一生氣就把他趕出了家門。在吸毒的那段日子裏，他的身體越來越差，有時更想到自殺。後來警察把他送進了戒毒中心。經過一年多的努力，他終於成功地戒了毒，又可以像正常人一樣生活了。他最後說："千萬別一時衝動去吸毒。吸毒不僅不能幫你消除煩惱，還會使你更煩惱。"

第九課　升學與就業

CD2 T10

A: 你是什麼時候中學畢業的？

B: 去年 6 月。

A: 你畢業後做了些什麼？

B: 我去了亞洲旅行，還做了一段時間的義工。

A: 你有什麼專長？

B: 我的語言能力比較強。我會説英語、漢語和日語，我還懂一點兒法語。

A: 你想找一份什麼樣的工作？

B: 我希望這份工作能用上我的語言技能。

A: 你每星期希望工作幾天？

B: 我可以做全時工作。

A: 你可以工作多久？

B: 我可以工作到明年 8 月底，因爲 9 月我要上大學。

A: 這麼説你可以工作七個月。這樣吧，你 2 月 1 號開始上班，上班時間是早上九點到下午五點，中午休息一個小時。

CD2 T11

（一）

在"校外活動周"裏，我去了一間律師行當秘書。秘書工作不是很辛苦，但是工作內容很重複，每天做的事情都是一樣的：複印、打字、寫信、收信、開信，還要整理文件、打電話、接電話、爲會議作記錄、接待來訪

的客人等等。我每天早上八點半上班，下午四點半下班，午飯時間是十二點半到一點半。一星期工作下來，我總算對秘書這份工作有了一定的了解。雖然我決定以後不想幹這一行，但這次的工作經驗使我學到了很多在課堂上學不到的東西，也培養了我的耐心。

（二）

在上個星期的"校外活動周"裏，我去了爸爸的牙醫診所工作。那個診所不大。爸爸有一個助手和一個接待員。每天來他診所看病的人很多，爸爸經常同時要照顧三個病人，忙得不可開交。那幾天裏，我看到爸爸爲病人洗牙、補牙，還爲病人拔牙。我很膽小，見到病人治療時臉上痛苦的表情，就好像我自己的牙也在疼。看到有些病人由於牙齒不好而不能吃東西，甚至影響工作，我才清楚地認識到爲什麼平時父母要我保護牙齒。一個星期下來，我深深地體會到爸爸的工作很辛苦，也懂得了保護牙齒的重要性。

第四單元　未來世界

第十課　環境污染

CD2 T14

A - 學校小賣部的孫阿姨

B - 學生會主席

B：孫阿姨，我是學生會主席。我想了解一下近來小賣部的環保工作做得怎麼樣。先請您説一説，小賣部有沒有考慮過不再用一次性塑料飯盒，而改用紙飯盒？

A：曾經考慮過，但是每個紙飯盒比塑料飯盒貴兩毛錢，所以我們至今還沒有決定是否會改用紙飯盒。

B：那麼，小賣部是否還免費送一次性木筷和塑料刀叉呢？

A：是呀，因爲學生中很少有人自己帶筷子和刀叉，而且一次性木筷和塑料刀叉既方便又衛生，所以我們還是免費送。

B：小賣部賣出去的瓶裝、罐裝和紙包飲料有沒有回收？

A：有。小賣部旁邊已放置了三個不同顏色的回收箱，分別回收紙盒、瓶子和鋁罐。大部分學生都會把空包裝扔進回收箱內。

B：好，謝謝您。

A：不用客氣。

CD2 T15

（一）

中國人早在遠古時代就開始用筷子吃飯。這種習慣延續至今。但近十幾年來，爲了追求文明、衛生和方便，無論在飯店還是在快餐廳，到處都見到人們用"一次性"筷子進餐。中國有十三億人口，每年用掉的"一次性"筷子數目驚人。

中國每年不僅在國內消耗大量的木筷、竹筷，而且還大批出口筷子。因製作筷子而被砍伐的樹木和竹林的數量已無法統計。試想一想，土地的沙化越來越嚴重，沙塵暴越來越頻繁，這多少跟用"一次性"筷子有關吧？

（二）

地球是人類的家園，也是動物的家園。但是我們的家園正在受到嚴重的破壞，地球上的空氣、水、土壤等正在受到污染。就拿塑料來説吧，它爲人類帶來了極大的方便，但也給人類和動物帶來了種種威脅，人們稱之爲"白色污染"，因爲塑料解體需要200年以上的時間。廢塑料如果扔進大海，海鳥、魚類和其他海洋生物可能會因吞下塑料而死亡，海水也因此被污染。所以，爲了我們人類自己，也爲了人類的朋友——動物，從現在起，少用塑料製品吧！

第十一課　新科技

CD2 T18

讓癌症遠離你

雖然癌症聽起來很可怕，而且每年全世界死於各種癌症的人也正在增加，但良好的飲食習慣和運動卻可幫助我們預防和遠離癌症。

大多數醫學專家認爲大約有80%的癌症病例與生活方式和環境有密切的關係。要有效地預防癌症，在飲食方面要注意以下幾點：

1. 飲食要均衡。
2. 多吃不同種類的蔬菜、水果和高纖維食物，比如大麥、豆類等。每天要吃五份新鮮蔬菜和水果，因爲蔬菜和水果裏邊的維生素A、C和纖維可以預防癌症。
3. 多吃豆製品，因爲大豆中的某些成份可以預防癌。
4. 多飲綠茶，綠茶可以預防直腸癌和胃癌。

（一）

A: 王先生，早就聽說可視電話已經問世了。能不能給我們談談它究竟是什麼樣的？

B: 可視電話就是打電話的雙方在通話的同時可以通過屏幕看見對方。

A: 那麼可視電話有什麼好處呢？

B: 比如說，公司主管不用出國便可以跟另一個國家的同事或合作夥伴"面談"。還有，朋友也不用約到外面去，在各自的家裏便可以"會面"。這樣既節省時間又節省金錢。

A: 可視電話容易安裝嗎？

B: 非常簡單，不僅可以安裝在牆壁上，也可以放在書桌上，還可以携帶出門。

A: 可視電話還沒有普及，是什麼原因呢？

B: 主要是因爲價格比較貴。估計在不久的將來，可視電話會大量生産，價格也會慢慢地便宜下來。到那時用戶就會多了。

（二）

A: 鍾小姐，現在越來越多的人使用數碼相機。你能不能給我們介紹一下？

B: 數碼相機是新一代的相機。照相時不用膠卷，而是用電腦集成塊把圖像攝下來。

A: 那麼拍出來的照片怎麼看到呢？

B: 照相機本身有一個屏幕，每拍一張照片便馬上可以從屏幕上看到。

A: 用數碼相機拍照有什麼特別之處呢？

B: 第一，你可以一下子拍很多張照片，然後可以從中挑你喜歡的保存下來。第二，只要用導綫將相機跟電腦連上，便可以在電腦上看到放大的照片。第三，你也可以去照相館把你喜歡的照片印出來保存。第四，這些照片可以通過打印機打出來，還可以通過電郵傳送給你遠方的親朋好友。

第十二課　健康之道

A: 聽衆朋友們，今天的"聽衆問答節目"我們請來了聯合醫院的高醫生，請他爲我們解答有關失眠的問題。高醫生，您好！

B: 你好！聽衆朋友們好！

A: 高醫生，有聽衆發來電郵，抱怨失眠的困擾。請您講一下怎樣才能防止失眠。

B: 防止失眠要注意以下幾點：

第一，睡前不要做激烈運動。

第二，睡前要保證情緒穩定。

第三，白天不要睡覺。

第四，不要太晚睡覺，起居要有規律。

A: 有一位聽衆打來電話問，如果失眠了，怎樣做才能幫助入睡？

B: 不要一失眠就吃安眠藥，因爲經常吃安眠藥會對藥産生依賴。可以喝一杯牛奶或吃一些其他的乳製品，這樣可以幫助入睡。

A: 非常感謝高醫生。聽衆朋友，下次節目再見！

（一）

我們一般把食物分爲酸性食物和碱性食物兩大類。酸性食物一般有鷄、鴨、魚、肉、米、麵等，而碱性食物指水果、蔬菜、豆製品、乳製品、茶等。爲了使酸性食物和碱性食物中和，我們每天吃的東西要葷素搭配，也就是說酸性食物和碱性食物都要吃，這樣這兩類食物在體內就可以得到中和平衡。反之，如果長期只吃酸性食物，如魚、肉、鷄、鴨等，則會引起胃不舒服，人容易覺得疲勞，還會得冠心病、心臟病和肥胖症。現在的年輕人喜歡吃快餐。拿漢堡包作爲一個例子，漢堡包本身並不是沒有營養，而是它的營養不均衡，兩片麵包中只夾着一片肉和少量生菜。如果吃了一個漢堡包，再吃一些蔬菜和水果，那就既增加了碱性食物的攝入，又減少了酸性食物在體內的堆積。

（二）

如今，先進的科技醫術、新藥能治好很多種疾病，再加上物質生活的不斷提高，人的壽命因此延長了。這對人類無疑是件好事，但這意味着政府每年發放的退休金將越來越多，致使財政預算失去平衡。據統計，現在人的壽命每隔大約十年就延長一歲。目前，一些發達國家的男、女平均壽命達到了 73-78 歲。如果按 60 歲爲退休年齡，政府要爲每一個老年人發放 13-18 年的退休金，但 50 年後，政府就要負擔 18-23 年的退休金，甚至更多。因此，不少人口學家和經濟學家提出推遲退休年齡的建議。